転移罠で飛ばされた
【紅蓮の迷宮】最下層99階で
少年は神と出会った——。
「助けてあげようか?」
ラヴィ
大迷宮を作り上げた迷宮神。現在はその力をほとんど封印されている。ロッドに残った神の力を渡し、迷宮の完全攻略を依頼してくる。
「え……?」
JN035004

レイナ
ロッドが所属する【勇なる御手】の弱小ギルドマスター。アビリティ【収納《ストレイジ》】をロッドによって強化され、一緒に迷宮に潜ることに。

「スキルを《全知の眼》に使用。
アビリティ【アンロック】の
《ステータス・アンロック》を
——開錠する！」
ロッド
元は【開錠《アンロック》】しか使えない底辺冒険者だった少年。
迷宮神からもらった《全知の眼》によってスキルツリーに【開錠】を使えるようになり、あらゆるスキルを手に入れられるというバグった強さを手にする。

「全部まとめて、倒す！」
同時に、複数のスキルを一度に発動する。
瞬く間に、ロッドは尋常ならざる
雷撃の矢を幾つも顕現させ、周囲に
天が嘶くような轟音を響かせた。
「――《ヴォルテクス・ブレイク》ッ！」

バグスキル【開錠《アンロック》】で最強最速ダンジョン攻略 1

空埜一樹

HJ文庫
1179

口絵・本文イラスト　もきゅ

序　章　希望からの転落　005

第一章　始まりは終わりより　007

第二章　成長　109

第三章　攻略、本格化　192

第四章　最下層、再び　275

終　章　一歩の先に、続く道　301

序章　希望からの転落

五大迷宮《エレメント・ダンジョン》――。

遥《はる》か昔に発見されたそれは、かつて神が創り人に与《あた》えた、試練の場であるという。

五つの巨大《きよだい》な建造物には危険と引き換《か》えに貴重な宝が無数に眠《ねむ》り、希望を持って足を踏《ふ》み入れる【冒険者《ぼうけんしゃ》】と呼ばれる者達《たち》は絶えない。

だがその全てが、理想を叶《かな》えられるわけではなかった。

「……くそ」

ロッドは、掠《かす》れた声で呟《つぶや》く。

見渡《みわた》す限りの、暗黒。

遠く聞こえてくるのは、耳にしたこともない【魔物《まもの》】の咆哮《ほうこう》。

全身が痛みを発し、体力は尽《つ》き、気力も失われた。

端的《たんてき》に言えば――絶望的な状況《じょうきょう》だ。

「こんなこと、してる場合じゃないのに……！」

不甲斐《ふがい》なさに、手を音が鳴るほど強く握《にぎ》りしめる。
ダンジョンへ足を踏み入れた時に抱《だ》いていた希望は、今や完全に打ち砕《くだ》かれていた。
状況から脱《だっ》する術もなく、ただ悔《くや》しさを抱きながら、膝《ひざ》を抱《かか》えるだけ。
「……なんで、こんなことに……」
無力感に苛《さいな》まれながら、俯《うつむ》いた。
答えてくれる者は誰一人《だれひとり》としていない。
ロッドは、独りだった。
そして——。

第一章　始まりは終わりより

「これは……どういうことだ？」

ロッドは建物内へ足を踏み入れるなり、呆然《ぼうぜん》と立ち尽くした。

室内は、ゆうに百人以上は住むことが出来るほどの広々とした規模を有している。

しかし、そこかしこに机や椅子《いす》が設置されているにもかかわらず、誰一人として腰《こし》かけていなかった。

賑《にぎ》わいを期待していたロッドは、不気味なほどの静寂《せいじゃく》さに圧倒《あっとう》される。

一瞬《いっしゅん》、場所を間違《まちが》えたかと視線を上げると、そこには刺繍《ししゅう》の施《ほどこ》された旗が下がっていた。

炎《ほのお》を握りしめる籠手《こて》の絵だ。

（……いや、間違いない。ここは、【勇《ゆう》なる御手《みて》】のギルドだ）

しかし、だとすれば一体どういうことなのか。

意味が分からず、ロッドは戸惑《とまど》うことしか出来なかった。

【五大迷宮《エレメント・ダンジョン》】——神によって創られた建造物の内部には、人間に無条件で敵意を持ち襲い掛《か》かって来る凶悪《きょうあく》な生命体である【魔物】が棲《す》みついている。

ただ彼等《かれら》は神による加護のおかげか決して五大迷宮からは出て来ない為《ため》、時が経《た》つにつれ、安全圏《あんぜんけん》であるダンジョン周辺には巨大な街が出来ていった。

【迷宮都市】と呼ばれるそこへ、五大迷宮に挑《いど》むべくロッドが訪《おとず》れたのは、一週間ほど前のことだ。

ダンジョンを探索《たんさく》しようとする者がまずやるべきことは、二つある。

一つ目。冒険者としての資格を得ること。

これは迷宮都市にある、冒険者を統括《とうかつ》する組織である【冒険者協会】に赴《おもむ》き、入会金を支払《しはら》った上で、筆記と実技による試験に合格すれば取得できる。とは言え極々《ごくごく》簡単なもので、よほどでなければ落ちる者はそういない。

そして、もう一つは、仲間を得ることである。

魔物が潜《ひそ》み、危険な罠《わな》が設置されているダンジョンを単独で探索するのは危険に過ぎる。複数人によって『パーティ』と呼ばれる小隊を組み、事に当たるのが普通《ふつう》とされていた。

が、ダンジョンへ潜《もぐ》る為にいちいち仲間を募《つの》るのは面倒《めんどう》だ。

よって、冒険者たちはそれぞれにギルドと呼ばれる同業者組合を作ることで効率化を図《はか》っていた。あらかじめギルドに所属している冒険者同士でパーティを組むようにすれば、時間の無駄《むだ》を省けるというわけである。

その為、無事に冒険者資格をとったロッドもまた他に倣《なら》い、ギルドへ入ることにした。

ギルドも数人しか所属していないものもあれば、百を超《こ》えるものもある。

今ロッドが居る建物を拠点《きょてん》とする【勇なる御手】のギルドは後者であった。

そのはずだったのだ。確かに。

「なのに……どうして冒険者が一人も居ないんだ」

全員出払《ではら》っているだけなのだろうか。

そう考えていると、奥《おく》の方で誰《だれ》かの動く気配がした。

「……なにか用ですか？」

やがて窓から差しこむ陽光の下、一人の人物が現れる。

少女だった。年《とし》の頃《ころ》はロッドと同じ程度だろう。赤く長い髪《かみ》を後ろで縛《しば》り、背中まで垂らしている。切れ長の目には琥珀《こはく》色《いろ》の瞳《ひとみ》。すっと通った鼻梁《びりょう》に小さな唇《くちびる》、それに透明《とうめい》な肌《はだ》と、思わず見惚《みと》れてしまうほどの美貌《びぼう》を持っているが、どこか冷たい印象を与えて来る。

身に着けている装備は簡素で、革製《かわせい》の胸当てに、肘《ひじ》と膝の辺りを同素材の防具で覆《おお》っているだけだ。腰からは短剣《たんけん》を下げていた。

「あ、ああ。ええと、オレはロッド。冒険者です。その……ここは【勇なる御手】のギルド拠点で合ってますか？」

一人でも冒険者らしき人がいたことに安堵《あんど》しつつ、ロッドは尋《たず》ねる。

「ええ、合っていますよ。私はレイナと言います。もしかして所属希望ですか？」

「は、はい。そうなんです。この間、資格を取ったばかりなんですが、是非《ぜひ》このギルドに入りたいと――」

「お断りします」

え、と。ロッドは、己《おのれ》の口から間の抜《ぬ》けた声が漏《も》れるのを感じた。

「お帰り下さい。このギルドは新規所属申請《しんせい》を受け付けていません」

「ど、どうしてですか⁉ 【勇なる御手】はどんな冒険者でも受け入れると聞いたんですが！」

「仰《おっしゃ》る通りです。ギルド長の取り決めにより、うちは相手が初心者だろうと熟練者だろうと、一切《いっさい》の区別なく所属を許可していました」

「だったら、オレだって……！」

「聞いていましたか？　私は『許可していました』と言ったんです」

少女――レイナは、疲《つか》れたようにため息をついて続けた。

「今は許可していません。いいえ、出来ないんです」

「それは一体、どういう……」

「簡単な話です」

一拍《いっぱく》置いて、レイナは、ロッドにとって衝撃的《しょうげきてき》な事実を突《つ》きつけて来る。

「このギルドは近く解体されます。そんなところが新しい冒険者を受け入れられるわけがないでしょう」

「解体……？　ま、待って下さい。【勇なる御手】がなくなるってことですか⁉」

思わず歩み寄って、ロッドはレイナの肩《かた》を掴《つか》んだ。

彼女《かのじょ》は抵抗《ていこう》することもなく、表情すら変えずに淡々《たんたん》と返してくる。

「ええ。その通りです」

「そんな馬鹿な⁉　【勇なる御手】と言えば、迷宮都市でも１、２を争う規模を誇《ほこ》るギルドでしょう⁉　それが解体するなんて！」

「それもまた過去の話です」

ロッドの手を掴み、強引《ごういん》に自らの体から放しながら、レイナは言った。

「現在、当ギルドに所属している冒険者の数は、私を除けば０です。これでは活動出来ません。解体されるのは当然です」

「０？　なんで、そんなことが……」

「――少し前、ギルド長であるライゼンが亡《な》くなりました」

わざと感情を挟《はさ》まないようにしているかの如き平淡《へいたん》な口調で、レイナは答える。

「……嘘《うそ》……だろ……」

予想だにしない事実に、ロッドは目を見開き、後ろへよろめく。

「本当です。五大迷宮の【蒼煉《そうれん》の迷宮《めいきゅう》】40階を探索中、魔物に襲《おそ》われ命を落としました」

「だ、だって、【勇なる御手】のライゼンさんは、SS級の冒険者だ。あの人が、魔物なんかにやられるはずが……！」

受け止めきれない事実を前に、ロッドは頭を抱え、その場に膝をついた。

協会の定めにより、冒険者にはダンジョン内で上げた功績等によって階級分けがなされている。Eから始まり、最高はSSだ。

ただしSSは、冒険者として頂点に位置するに相応《ふさわ》しいとされた者にのみ与えられる。

現在その称号《しょうごう》を持っているのは、数千人を超える冒険者の中でも十人に満たなかった。

ライゼンは数少ない一人。正に冒険者の中でも、最強と呼ぶに値する存在だ。

「いいえ。ライゼンは死にました。更《さら》にSS級である彼の後を継《つ》げる者は誰もおらず、【勇なる御手】からは冒険者たちが去っていったのです」

とてもではないが立ち直ることの出来ていないロッドに、それでもレイナは言葉を重ねる。

「結果、所属している者は誰も居なくなりました。だからこのギルドは解体されるんです」

「……。……あなたは？」

動揺《どうよう》の中でそれでも気にかかることがあり、ロッドは顔を上げた。

「レイナさん。ここに居るってことは、あなたも冒険者なんじゃないですか？」

「ええ。そうですね。私も冒険者の資格は持っています」

「なら、あなたはどうしてまだこの拠点に？　皆《みな》が居なくなったのに」

「けじめです」

全てを投げ捨ててしまったかのような覇気《はき》のない顔で、レイナは答える。

「私は――ライゼンの娘《むすめ》ですから。このギルドの最後を見届ける義務があります」

「娘……？　ライゼンさんに娘さんが居たんですか⁉……いや、そういえば確かにあの時も……」

脳裏《のうり》を過ぎる記憶《きおく》にロッドが呟いていると、レイナがやや怪訝《けげん》な顔をした。

「どうしました？」

「あ……ああ、いえ。でも、娘さんが居るなら解体する必要なんてないじゃないですか。あなたがギルド長を引き継げばいい」

ロッドの指摘《してき》に、レイナの表情が一瞬変わる。

そこには、触《ふ》れられたくない傷を抉《えぐ》られたかのような悲愴《ひそう》さがあった。

「……あの、なにかオレ、不味《まず》いことを言いましたか？　なら謝《あやま》ります」

「……。いいえ。ですがそれは無理です」

「どうしてですか？　あなたにはその資格があるはずです」

「ありませんよ、私には。私は——役立たずですから」

ロッドから視線を逸《そ》らし、レイナは、下唇《したくちびる》をわずかに噛《か》み締《し》める。

「役立たずって……どういうことですか？」

呟いた後、沈黙《ちんもく》したままになっているレイナに、ロッドは尋ねた。

すると彼女は目を閉じ、胸の中にある大きなものを吐《は》き出すようにして答える。

「私が授《さず》かったアビリティが、【収納《ストレイジ》】だからです」

アビリティとは、かつて神が五大迷宮を創造した際、人間に授けた特異な能力の総称《そうしょう》だ。

手に入れるのは難しくはなく、冒険者の資格をとった者が、各協会に設置されている【神の采配《セレクト》】と呼ばれる特殊《とくしゅ》な石に手を触れるだけでいい。

石には神の力が宿っており、接触《せっしょく》した者へアビリティを与えるという仕掛《しか》けである。

アビリティを持つ者は身体能力《ステータス》強化の恩恵《おんけい》が授けられ、ダンジョン内の魔物と戦えるようになり——同時に【技能《スキル》】と呼ばれる力を行使できる。

高速で動けるものから、岩のように硬《かた》い体をもてるようになるもの、自然現象を自在に操《あやつ》るものもあれば、目に見えないものを感知できるものまで、その効果は様々だ。

どんなアビリティを与えられるかは手に入れるまで分からず、付与《ふよ》されるステータスもそれによって変わってくる。

「収納っていうと、確か……」

「スキルによって呼び出した鞄《かばん》に、ダンジョン内で手に入れた道具《アイテム》を入れることが出来るようになるものです」

「……ええ、そうでしたね」

ステータスの値も低く、どちらかと言えば補助的な役割を持つ力だ。

「でも、収納だって必要ですよ。ダンジョンを攻略《こうりゃく》するにはアビリティだけでなくアイテムも重要になります。でも荷物として持つには限界がある。その点、収納のスキルによって生み出される鞄は、いくらアイテムを入れても重さを感じないでしょう」

故にこそ、収納のアビリティを持つ者がパーティに一人居ると便利であると、冒険者資格を取る前にロッドが読んだ教本に書いてあった。

「仰る通りです。ですが所詮《しょせん》はその程度。百人を超えるギルドを支える屋台骨としては頼《たよ》りない。それに……」

言葉を切り、レイナは顔を背《そむ》けた。苦しさを堪《た》えるようにして。

「……それに？」

「いえ。これ以上は言いたくありません。とにかく、私はギルドに所属している冒険者たちに長としては相応しくないと判断された。そういうことです」

レイナの口調から、これ以上踏み込《こ》まれることを拒絶《きょぜつ》するような雰囲気《ふんいき》を感じた。

仕方なく、ロッドは話題を変える。

「……その……この拠点はどうなるんですか？」

「間もなく売り払《はら》います。ギルドの解体もその時になるかと」

「そんな。考え直してもらえませんか？」

「無理です。所属している冒険者は私だけ。今後も増える気配はない。なら、ギルドの運営自体が不可能でしょう」

「オレがギルドに入ります！　二人から始めて、もう一度、他の冒険者を集めましょう！」

「……あなたのアビリティはなんです？」

問われて、ロッドは言葉に詰《つ》まる。

答えるのは簡単だった。

しかし、口にした時点でレイナは失望し、即座《そくざ》にこの話はなかったことになるだろう。

そのことは、誰でもない、ロッド自身が分かっていた。

「あなたのアビリティ次第《しだい》では、確かにギルド再興の芽はあるかもしれません。貴重なアビリティをもつ冒険者は、それだけで十人分の活躍《かつやく》をしますから」

「それは……えっと……」

だが、誤魔化《ごまか》せるような状況でもなかった。

かと言って嘘をついたところで、すぐにバレる。

結局、ロッドは正直に告白した。

「……【開錠《アンロック》】です」

「アンロック？」

レイナが怪訝な顔をする。無理もない。聞いたところ、ほとんど手に入れる者も、知る者すらいないアビリティだったからだ。

だが、必ずしも稀少《きしょう》だからといって、強力なわけではなかった。

「スキルはなんです？」

「この間、授かったばかりなのでまだ一つしかありません。アビリティと同じ名の《アンロック》……『一日に一度、ダンジョン内にある鍵《かぎ》つき宝箱を開錠できる』というものです」

「それだけ、ですか？」

悪意があったわけではなく、レイナは素直《すなお》に思ったことを口にしただけなのだろう。

それでも、その言葉に、ロッドは胸を突き刺《さ》されるような想《おも》いを抱いた。

「その、ステータスは？」

続けてレイナに問われて、ロッドは意識を集中する。

途端《とたん》、甲高《かんだか》い音と共に、何も無かった虚空《こくう》へ文章が浮《う》かび上がった。

これは、アビリティを持つ者だけに発動できる力で、今の己の状態を確認《かくにん》することが出来る。

『ロッド＝ティングレイ。所有アビリティ【アンロック】：レベル1』

見返したくはない。だが、レイナへ正確に伝える為に、改めて確認するしかなかった。

『付与ステータス：力　1　防御《ぼうぎょ》　0　素早《すばや》さ　0　器用さ　1　魔力《まりょく》　0』

その、あまりの低さを。

「力と器用さしかなく、しかも、どちらも1ですか」

ロッドが告げたステータスの内容に、レイナは明らかに落胆《らくたん》した。

「それではろくに戦えませんね。スキルを含《ふく》め、私と同じ、パーティ内においては補助に位置するアビリティです」

「そ、そうですけど、でも、ほら、アビリティって成長《レベルアップ》するじゃないですか！　そうしたらもっと強くなるかも……！」

そう。先ほど確認したアビリティのレベルと名のついたものについた数字が、増えれば増えるほどに新しいスキルを得られるし、ステータスも向上していく。

【アンロック】は持っている者がほとんどいないアビリティだ。故にその力は冒険者の間でも未知数であり、成長《レベルアップ》すれば、思いもよらぬ力を得られるかもしれなかった。

「仮にそうだとしても、現時点では単なる可能性の話。私の【ストレイジ】がレベルアップしても鞄に取り込めるアイテムの量と種類が増えるだけであるように、あなたの【アンロック】も本質的なところは変わらない。鍵を開けられる宝箱の数が増えるだけであるかもしれません。賭《か》けるには根拠《こんきょ》が弱すぎますね」

反論できない。ロッドは唸《うな》るしかなかった。

「努力だけではどうにもならないこともあります。断言しますが、あなたと私だけでギルドをやっていくことは不可能です」

ぐうの音も出なかった。分かっていたのだ。

しかし、それでも、ロッドは諦《あきら》めきれなかった。

「……お願いです。オレがこの拠点を買い取ります。その為の資金を用意します。そうしたら、ギルドを解体するのはやめてください」

深々と頭を下げると、レイナは少しの間、押《お》し黙《だま》る。

「……なぜ……ですか？」

だがやがて、そう静かに尋ねて来た。

「なぜ、この【勇なる御手】の存続に、そこまで食い下がるんですか？　あなたも他のギルドに行けばいいだけでしょう。補助アビリティとは言え、パーティによっては必要になるかもしれない。所属申請を受け付けてくれるところもあるはずです」

「オレは……オレは、ここじゃないとダメなんです。冒険者になったらこのギルドに所属するって、ずっと昔から決めていたんですから」

顔を上げたロッドを、レイナは不可解そうに見つめてくる。

「……小さい頃、故郷の村の近くにある森へ行った時、獣《けもの》に襲われたことがあります。気づけば周りを群れに囲まれていて、本当に恐《こわ》かった。だけどその時、通りかかった人が一瞬で全てを倒《たお》してしまったんです。最高に鮮《あざ》やかで、格好良かった」

「……まさか……」

察しがついた、というような表情を浮かべるレイナに、ロッドは笑いかけた。

「そう――ライゼンさんです。久方ぶりに故郷へ帰る途中《とちゅう》に、オレの悲鳴を聞いて駆《か》け付けたと話していました。震《ふる》えているオレの前にしゃがみこんで、ライゼンさんは優《やさ》しく頭を撫《な》でてくれました。そうして落ち着くまで、話をしてくれたんです」

自分は冒険者で、五大迷宮の全てを制覇《せいは》しようとしているということ。

【勇なる御手】というギルドの長をしているということ。

故郷には、ロッドと同じ歳《とし》程度の娘が居るということ。

「時折、村に立ち寄る人なんかから聞いて、オレは冒険者という職業に憧《あこが》れていました。だけど、無理だって思ってたんです。今だって大したことはないですけど、子どもの頃のオレは体が小さくて、力もなくて、トロくて、村に住んでいた同年代の奴《やつ》らからずっといじめられていましたから。それで……ライゼンさんに訊《き》いてみたんです。オレもあなたみたいになれますか、と」

もしライゼンのような強い先達から、無理だときっぱり言われれば、諦めがつくと思った。だが、

「ライゼンさんはこう言いました。『なれるさ。なろうとし続ければ、きっとなれる』って」

どこまでも真《ま》っ直《す》ぐな眼差《まなざ》しを、ロッドに向けたままで。

「ライゼンさんからすれば、落ち込んでいるオレを励《はげ》まそうとしただけなのかもしれません。だけどオレはその言葉で、何よりも勇気を貰《もら》いました。それで決めたんです。資格を

とれるようになったら迷宮都市に行って冒険者になり、ライゼンさんが率いる【勇なる御手】のギルドに入ろうと」

「……そう、だったんですか」

哀《かな》しさと、申し訳なさと、後悔《こうかい》と。

様々な感情が入り混じったような複雑な顔をし、レイナは視線を落とした。

「だから、お願いです。オレがこの拠点を買い取って、ギルドを立て直します。だから……少しだけ待って下さい。ここをこのまま、なくしたくない」

「当の本人である父……ライゼンが居なくても、ですか？」

「そのことは、本当に残念に思っています。それでも、いや、だからこそ、このギルドをなくしちゃいけない。おこがましいのは自覚していますが、ライゼンさんがいないのなら、オレがその遺志を受け継ぎ、守りたいんです。ここは……ずっと夢見ていた、場所だから」

必死に訴《うった》えかけるロッドに対し、レイナがわずかに顔を上げる。

何かを言おうと口を開き、しかし、すぐに閉じて、目を伏《ふ》せた。

痛みを堪えるようにして、胸の辺りに添えた手を強く握りしめる。

そうして――しばらくの後。

彼女はようやく、呟いた。

「三カ月、です」

「……え？」

ロッドが目を瞬《まばた》かせると、レイナは心の突っ掛かりを吐き出すように息をついて続ける。

「三カ月だけ、待ちます。それを過ぎれば父の知り合いを通し、この拠点を売却《ばいきゃく》します。これ以上は、譲《ゆず》れません」

「ほ、本当ですか⁉　待ってくれるんですか⁉」

想いが報《むく》われたことにロッドは喜び、レイナに近付いて、彼女の手をとった。

「ありがとうございます！　本当にありがとうございます！」

「い、いずれ売ろうと思っていた日を具体的に決めただけです。別にあなたの為にやったことでは……と、というか、放して下さい」

頬《ほお》を赤らめたレイナから注意され、ロッドは「あ、ごめんなさい」と慌《あわ》てて彼女から離《はな》れた。

「三カ月ですね。絶対になんとかしてみせます！」

「……無理だと思いますが、まあ、頑張《がんば》ってください」

素っ気無く言いながら顔を背けるレイナに、ロッドはそれでも一礼した。

「はい！　待っていて下さい！　レイナさん！」

――と、レイナに大見得《おおみえ》を切ってから、一週間後。

ロッドは、五大迷宮の一つを探索していた。

五つあるダンジョンには、それぞれに名がついている。

【紅蓮《ぐれん》の迷宮《めいきゅう》】【蒼煉の迷宮】【翠宝《りょくほう》の迷宮《めいきゅう》】【黄金《おうごん》の迷宮《めいきゅう》】【闇黒《えんごく》の迷宮《めいきゅう》】である。

ただしこの内、扉《とびら》が開かれているのは【紅蓮】【蒼煉】【翠宝】のみ。残りの二つについては固く閉ざされており、どのような手を使っても開くことはなかった。

『三つの迷宮の最下層、最奥《さいおう》に座する【門番】の魔物を倒した者にのみ、封《ふう》じられた戸は全て開かれる』

そうした文言が、現状、探索可能な各ダンジョンの入り口に掲《かか》げられている。

神の言葉とされるそれを信じ、冒険者達《ぼうけんしゃたち》は自らが先駆者《せんくしゃ》となるべく、今日も底へ底へと突き進《すす》んでいるわけである。

解放された中では【紅蓮】が一番、難易度が低いとされていた。

三つの内、最下層まで攻略済みになっているのもここだけだ。

ただし、だとしてもダンジョンはダンジョンである。罠はもちろんのこと、階を降りるごとに魔物も強力になっていく。

だが、

「《フレイム・マグナ》！」

呼び声と共に、ロッドの前に位置する青年――フィンの右手に、紅蓮の炎が燃え上がった。それは瞬きする間もなく形を変え、一本の剣《けん》となる。

フィンがそれを振《ふ》るうと、刃《やいば》から炎が飛び出し、目の前の醜《みにく》い魔物――ハイ・ゴブリンを焼き尽くした。

絶叫《ぜっきょう》する間もなく、相手は消し炭と化して崩《くず》れ落ちる。

だが彼の死角から別の、蜥蜴《とかげ》の魔物レッド・リザードが襲い掛かった。振り落とす鋭《するど》い爪《つめ》は、その頭を狙《ねら》う。

「フィンさん！　危ない！」

ロッドが思わず叫《さけ》ぶも、無用の心配であった。

「――《サンダー・マグナ》！」

振り返り様にフィンが声を上げると、激しい音と共に彼の左手に紫電《しでん》が舞《ま》った。

それは先ほどと同様に剣となり、突き出した切っ先から強烈《きょうれつ》な雷《かみなり》を放つ。

レッド・リザードは一瞬にしてその餌食《えじき》となり、倒れ込んだまま微動《びどう》だにしなくなった。

「すごい……」

流れるような動作だ。まるで、背中に目があるようだった。

紅蓮の迷宮、十階。

一階と違《ちが》って、そろそろ徘徊《はいかい》する魔物にも油断できなくなってくる頃である。

だがフィンはまるで疲れる様子もなく、ほとんど全てを一撃《いちげき》で仕留めていた。

（……【魔業刃《エビル・ヴィルド》】のアビリティか。つくづくとんでもないな）

ロッドは羨望《せんぼう》の眼差しで、フィンの背中を眺《なが》める。

フィンのアビリティ【魔業刃】は、自身の持つ力によって、火、水、土、風、雷といった自然現象を剣の形にして呼び出すことが出来た。

召喚《しょうかん》した剣は、近接はもちろんのこと、遠距離《えんきょり》からの攻撃《こうげき》も可能である為、その利便性は言うまでもない。しかも、それを二本同時に扱《あつか》えるのだ。ステータスも高く、まさに無《む》双《そう》の強さを誇っていた。

だがそれ以上に、使いこなすフィンの腕《うで》も相当なものだ。とにかく全てが的確で、無駄が一切ない。ロッドが動こうとする時にはもう、複数いたはずの魔物が軒《のき》並《な》み倒れているなどということが何度もあった。

また、フィンだけではない。

「バンド、そっちに行ったぞ！」

「分かってる。クエイト、お前も右側から来る奴のこと忘れんなよ！」

「二人とも、敵を中央に集めて。後はあたしがまとめてやる！」

「そう来ると思ってた、サーラ！」

彼の仲間もまた、各個としての戦闘《せんとう》技術が優《すぐ》れているのに加え、連携《れんけい》も完璧《かんぺき》だった。目の前の敵とやり合いながら、仲間の動きを把握《はあく》し、その場で最も必要な選択《せんたく》をとっていく。

結果、傷一つ負うことなく、敵を殲滅《せんめつ》するのだ。

「うん、終わったね。じゃあ、先に進もうか」

フィンは言って、スキルによって生み出した剣を消すと先を歩き始めた。仲間達も頷《うなず》き、それに続く。

ロッドは以前、ダンジョンは深くなればなるほど、その構造が驚《おどろ》くほどに変わっていくと聞いたことはあった。しかし、【紅蓮の迷宮】の十階まではひたすらに入り組んだ通路と高い壁《かべ》が続くだけだ。光源はロッドを始めとした全員が腰に下げたランタンが照らすのみで、周囲は暗く、視界は利かない。

それでも少しとして迷うことなく、フィン達は探索していく。

「皆さん、凄《すご》いですね……。さっきからオレ、何も出来なくて」

なんだか少し情けないなと苦笑《くしょう》したロッドに、フィンは首を横に振った。

「僕《ぼく》たちが君より少し長く冒険者をやっているってだけさ。君も経験を積めばいずれ同じようにやれるようになる」

「そうですか。だといいんですが」

「なにを弱気なこと言ってんだ。もっと気概《きがい》を持て、気概を！」

隣《となり》に居たバンドが豪快《ごうかい》に笑い、背中を叩《たた》いてきた。その強い力にロッドは思わずむせる。

彼のアビリティは【剣士《ソードマン》】。使えるスキルがあまりない代わりに、付与される身体能力は他と比べても非常に高い。

「どうにかなると思ってりゃ、どうにかなるもんなんだよ。もっと堂々としてろ！」

「そ、そういうものですかね……」

「バンド、お前はちょっと自信過剰《かじょう》過ぎるんだよ。もう少しロッドの慎重《しんちょう》さを見習え」

呆《あき》れたように言ったのは、クエイトだった。がたいの良い体が示すように、パーティにおいては皆を守る【戦士《ウォリアー》】のアビリティをもっている。敵を惹《ひ》きつけたり、一時的に攻撃を無効化したりすることを得意とする防御系特化のスキルがあった。

「本当そうよねー。後がさつなとこもどうにかしなさいよ。体もろくに洗わないし」

肩を竦《すく》めるのは、パーティの紅一点であるサーラ。【黒魔導士《ソーサラー》】のアビリティを持ち、あらゆる自然現象を自在に操る《黒魔法《くろまほう》》のスキルを得意としていた。

「うっせえなぁ。細かいことを気にしちゃダンジョン攻略なんてできねえんだよ。なあ、ロッド」

バンドから肩に手を回され同意を求められたロッドは、どう答えていいか分からずに曖昧《あいまい》な笑《え》みを零《こぼ》す。

「まあ、ロッドくんにはロッドくんのやり方があるさ。押し付けちゃいけないよ」

フィンから諭《さと》されると、バンドは頬を指先で掻《か》きながら、「ま、そうだな」とあっさり主張を引っ込めた。

何にもなびかないように見えるバンドも、フィンには頭が上がらないようだ。

それだけ、彼の実力を認めているのだろう。

（……運が良かった。初ダンジョンで、こんなすごい人達《たち》とパーティを組めて）

一時はどうなることかと思っていただけに、救われた想いだった。

【勇なる御手】のギルドを出た後、資金を集める為にはとにかくダンジョンに潜り、貴重なアイテムを集めて売り払うしかないと、ロッドはそう決意した。

そこでまずは仲間集めだと、冒険者《ぼうけんしゃ》協会に赴いたのだ。

基本的に冒険者はギルド内でパーティを結成するが、稀《まれ》に、なにかの事情によってそれだけでは数が足りなくなることがある。その場合、迷宮《めいきゅう》都市内に幾《いく》つかある協会の施設《しせつ》で臨時の仲間を募集《ぼしゅう》することが出来た。

ギルドに比べると時間はかかるが、受付をしている協会員に要請《ようせい》すると、欠員補充《ほじゅう》を希望している冒険者パーティを紹介《しょうかい》してくれるのだ。

が——協会員からは、冒険者たちのいずれもが、ロッドを自らのパーティに入れることを拒否《きょひ》したとの返答があった。

理由は簡単。【アンロック】などという、さほど役にも立たないアビリティを持っている冒険者を入れる余裕《よゆう》はない、ということ。

ダンジョンは単独行動に危険が伴《ともな》う為に複数人で挑むが、多ければ多いほど良いというわけでもなかった。あまりに人数過多になると連携が取れにくくなり、思わぬ失敗を招くこともあるからだ。

よってパーティは、大体が三人から四人、多くても五人程度が望ましいとされている。

ロッドを入れたところでダンジョン攻略にはさほど有効的とは思えず、ならば無駄にパーティ人数を増やす必要はない、ということである。

全く持ってその通りで、反論のしようもなかった。

しかし、ずっとこのままではアイテムを集めるどころか、ダンジョンに入ることすら出来ない。

ロッドがどうしたものかと途方《とほう》に暮れていた時だった。

「うちのパーティに入らないかい。ちょうど一人、急病で欠員が出てね」

そう、声をかけてくれる人が現れたのは。

長身痩躯《そうく》の青年で、短く切った明るい栗色《くりいろ》の髪は、先端《せんたん》がくせっ毛気味に丸まっている。薄《うつす》らと笑みを浮かべたその顔には糸のように細い目があり、どことなく柔和《にゅうわ》な印象を与《あた》えて来た。

身につけた鎧《よろい》は、ロッドが装備しているものとは比べるのもおこがましいと思えるほどの高品質。

その人物こそ、今ロッドが加わっているパーティのリーダーであるフィンだった。

彼の後ろには同じように鎧姿の男が二人、軽装の女性が一人。今ロッドが共に行動している、フィンの仲間だ。

近くに居た協会員が、ひどく驚いた顔をしたのを覚えている。

それもそのはず。後に聞いたところ、フィンは大手ギルド【光揮《こうき》の剣《けん》】の長を勤めている【S級】の称号を持つ冒険者だったのだ。

【SS級】に及《およ》ばないとは言え、S級を授かっている冒険者も百人程度しかいない。

冒険者としては間違《まち》いなく実力者であり、本来であればロッドを誘《さそ》うような立場にはないはずだった。

想定外の事態にロッドはしばし呆然《ぼうぜん》としたが、我を取り戻《もど》した後で、己が授かったアビリティの説明をした。

その上で、自分で本当に良いのかと再確認すると、フィンは人好きするような笑顔《えがお》で言ったのだ。

「確かにスキルとしてはそれほどでもないけど、アビリティって育てていくものだからね。もしかすればレベルアップ次第で、すごい力を得るかもしれない。僕たちは君のような新米冒険者が、少しずつ強くなっていく様子を見守るのが好きなんだ。最初は僕たちが君を守っていくから、一緒《いっしょ》にダンジョンに潜《もぐ》ってみようよ」

まさかの言葉に、ロッドは思わず、フィンに縋《すが》りついてしまった。

こんな展開がありえるのか。夢ではないだろうかと。

「いいよな、皆」

フィンが振り返ると、仲間たちもまた、それぞれが笑顔で頷いた。

「もちろん。誰だって最初は弱い。だから仲間と助け合って強くなっていくんだ」

「そうだな。おれ達も新米の頃はそうやってきた。同じことをしてるだけだ」

「その代わり、あなたが強くなったら、今度はあたし達を助けてよ？　その時は、こき使ってやるんだから」

こうして——ロッドはどうにか、フィン達のパーティと共にダンジョンに潜ることが出来たのだった。

しかも、フィン達は『まずはロッドくんのことを育てなきゃね』と、わざわざ解放されている三つの中では最も難易度の低い【紅蓮の迷宮】に挑《いど》んでくれたのだ。

少しでもロッドに危険のないようにという配慮《はいりょ》である。

（信じられないような機会は得た。フィンさん達と一緒にダンジョンを探索《たんさく》して、レイナさんから拠点を買い取る為《ため》の資金を貯《た》めるんだ……！）

レイナがロッドに提示した金額は、金貨三百枚。

世情に照らし合わせてみても決して法外というわけではないが、新米冒険者が年間に稼《かせ》げる額は大体が金貨三枚程度と言われている。

つまりはまともにやって一年に得られる金の百倍を、三カ月という短い期間で用意しなければならなかった。

果たして成《な》し遂《と》げられるか、正直に言えば自信はない。それでも、一歩、一歩と進めて目的に向かっていくしか、ロッドには出来なかった。

（せっかく夢を叶《かな》えられるところまで来たんだ。こんなところでくじけてたまるか）

たとえライゼンが居なくとも、彼《かれ》の後を追うと決めた者として、絶対に前に進んでみせる。ロッドはそう、強く思う。

（時間は多少かかったけど、フィンさんたちが一緒なら、金貨三百枚を稼ぐのもあながち無謀《むぼう》ってわけじゃないかもしれない）

通常、手に入れたアイテムなどを換金《かんきん》した場合、各自の取り分はパーティ内で決めると以前に聞いたことがあった。均等であることもあるし、パーティのリーダーを務める者が幾らか多く持っていくこともある。

パーティに入れてもらえたとは言え、今のところロッドはあまり役に立っているとは言えなかった。それ故、取り分は少ないかもしれないが――フィン達はS級冒険者を始めとした、実力者揃《ぞろ》いだ。稼ぐであろう額を考えると、新米には多過ぎるほどであるはずだった。

（よし……待っていてくれ、レイナさん！　オレはやってみせる！）

ロッドが決意を新たにしていると、そこで不意に、フィンが立ち止まった。

「……どうしました？　フィンさん」

前方を見つめたまま黙り込むフィンにロッドが尋《たず》ねると、彼は「うん」と短く返してから、前を指差した。

「あそこにある宝箱が見えるかい、ロッドくん」

言われた方にロッドが視線を向けると、少し先、通路が行き止まりになっており、奥《おく》に大きな箱が鎮座《ちんざ》していた。豪奢《ごうしゃ》な装飾《そうしょく》に彩《いろど》られているそれは、確かに中にアイテムの眠《ねむ》っている宝箱だ。

フィンがランタンを持って照らすと、どうやら鍵がかかっているようだ。

「君にあれを開けて欲《ほ》しいんだ。出来るよね？」

「え、ええ、もちろん。むしろ【アンロック】にはそれしか出来ませんから」

「うん。僕も聞いた話なんだけど、【アンロック】のレベルアップ条件は、『鍵を開けること』だったよね？」

「は、はい。よくご存じですね」

さすがS級は博識だと、ロッドは感心する。ほとんど知られていないアビリティの情報ですら、きちんと詳《くわ》しく把握しているとは。

アビリティが成長するには【ソウル】と呼ばれる特殊なアイテムが必要になる。

ダンジョン内のみで出現するそれは結晶体《けっしょうたい》のような形をしており、胸に当てることで吸収され保存が可能となり、一定数を保有するとレベルアップ出来る仕様となっていた。

ソウルを手に入れる条件はアビリティごとに異なっており、たとえば近接戦闘系であれば『敵を倒す』『特定の魔物《まもの》を討伐《とうばつ》する』といった行動によって得られる。

そういった情報は、意識を集中することで現れる文章に書かれており、ロッドのアンロックの場合は単純で『鍵を開ける』といったものだ。

ダンジョン内において宝箱や扉を開錠する度に、ソウルが生み出される。

「なら、あれを開けてみるといい。君がまだダンジョンに潜ったことがないんだったら、レベルは1だろう？　ソウルを使えば、すぐにレベルアップするはずさ」

「……いいんですか？　オレがソウルを使って」

レベルが高くなればなるほど、上がるのに必要とされるソウルの量は増えていく。

つまり経験豊かな冒険者ほど、ソウルの存在は貴重となっていくのだ。

また、ソウル自体は手に入れた者だけが使えるわけではなく、他人に譲渡《じょうと》することも出来るようになっている。その為、新米冒険者が手に入れたソウルを熟練冒険者が強奪《ごうだつ》する、などということも起こっていた。

そこまでではなくとも、ソウルがパーティリーダーに優先して渡《わた》されるということは、割とよくあることだ。と、ロッドも人伝《ひとづて》に聞いたことがあった。

「気にしないでいい。君はこのパーティの中で一番レベルが低いんだから」

笑顔のままで先を促《うなが》すフィンに、ロッドは感謝で胸が一杯《いっぱい》になる。

（なんていい人なんだ。さすがにS級は余裕に溢《あふ》れてるな……）

自分もかくありたいと願いながら、ロッドは意気揚々《いきようよう》と宝箱のもとへと向かった。

「よし。それじゃあ……【アンロック】発動」

ロッドが告げると、目の前に光の粒子《りゅうし》が集まり一つの姿を形成する。

それは巨大《きょだい》な錠前《じょうまえ》だった。同時にロッドの右手に同じ大きさの鍵が現れる。

『スキルが発動しました。対象トレジャー・クラス：銅。現在の成功率は90％です』

目の前に文章が浮かび上がった。【アンロック】のスキルを使おうとすると現れるもので、目の前の宝箱の等級と、開錠できる確率を示している。

ちなみに、宝箱は下から、銅、鉄、鋼、銀、金——と等級が上がっていき、それに伴いスキルの成功率は下がっていく仕様となっていた。

「スキル：《アンロック》！」

ロッドが鍵を握《にぎ》りしめ、錠前の鍵穴《かぎあな》に差し込むと、鈍《にぶ》い音と共に右へと回る。

直後、錠前が弾《はじ》け飛び、宝箱の蓋《ふた》が薄《うす》く開いた。

「よし、成功だ……！」

ロッドは胸を撫で下ろす。スキルの成功率は対象ステータスの数値によって向上させることが出来、《アンロック》の場合は『器用』がそれに当たるが、ロッドはまだレベル1。トレジャー・クラスが『銅』であったことが幸いした。

ロッドが振り返ると、フィン達が笑みを浮かべたまま頷く。

後は中身を確かめるだけだと、ロッドは再び前を向いて、しゃがみこもうとした。

――まさに、その瞬間《しゅんかん》。

不安を煽《あお》るような耳障《みみざわ》りな音が辺り一帯に鳴り響《ひび》き、ロッドを中心として、足元に青い円が描《えが》かれた。

更《さら》に円の縁《ふち》から半透明《はんとうめい》の薄い壁が持ち上がり、あっという間に周囲を囲ってしまう。

「え⁉　な、なんだこれ⁉――罠《わな》か⁉」

ダンジョン内に幾つも仕掛けられている装置。様々な効果はあるが、いずれも冒険者を窮地《きゅうち》に陥《おとし》れる為のものだ。

嫌《いや》な予感に苛《さいな》まれ、ロッドは急いで脱出《だっしゅつ》しようと壁に手をつくが、まるで微動だにしない。何度叩《たた》いても手ごたえすらなく、完全に閉《と》じ込められてしまった。

「フィ、フィンさん！」

助けを求める為に後ろを向くと、フィン達は少しも焦《あせ》る様子はなく、腕を組んだまま事態を静観していた。

（ど、どういうことだ。これも宝を手に入れる為には必要な工程なのか!?）

ロッドが動揺《どうよう》しながらもフィンを見つめていると、彼はそこで、わずかに顔を伏せた。

やがては、小さく呟《つぶや》く。

「……いやぁ……驚いたね、ロッドくん」

言葉とは裏腹に、フィンの表情にはわずかな乱れも見えなかった。

「こうも上手《うま》く引っかかってくれるとは。純粋《じゅんすい》さとは時に罪になる」

「……え？」

フィンの言っていることの意味が分からず、ロッドの口から、間の抜《ぬ》けた声が漏《も》れる。

「冷静に考えてみれば分かることだと思うけどねえ。ダンジョン内のアイテムに宝箱や扉を開ける鍵がある以上、【アンロック】なんて大した価値もない、しょぼくて、地味で、ろくに役に立たないようなアビリティじゃないか。しかも君は新米の冒険者だ。いくら欠員が出たからって業界大手ギルド【光揮《こうき》の剣《けん》】の長であり、S級であるこの僕が、わざわざパーティに誘う訳ないだろう？」

耳に入って来る言葉の数々に、まるで理解が追いつかない。

「な、なにを言っているんですか……冗談《じょうだん》、ですよね？」

ありえるわけがない。先程《さきほど》まであれほど優しくしてくれた人が。

冒険者の先達として、理想とすら崇《あが》めた人が。

まるで、自分を騙《だま》してここまで連れて来たような物言いをするなんて。

「た、助けてください。お願いです！　ここから出して下さい！」

頭のどこかで無駄《むだ》だと分かりながらも、壁を強く叩いて、ロッドは懇願《こんがん》した。

信じられない。なにかの間違いだ。あるいは何かの事情があるのだ。

そう自分に強く言い聞かせながら。

「冗談、か。確かに冗談みたいな状況《じょうきょう》だ。ロッドくん、もしかして僕が本気で君の成長を見守ろうとしていたと思っているのかい？」

やがて顔を上げた、フィンのその表情は。

今まで見たものとは似ても似つかない――邪悪《じゃあく》な歪《ゆが》みに満ちていた。

いや、彼だけではない。バンドも、クエイトも、サーラも。

ほんの少し前まで親しげに接してくれていた人たち、全員が。

訳の分からない事態に見舞《みま》われ慌てているロッドに対し、ニヤニヤと厭《いや》らしい笑いを浮かべていた。

「寝言《ねごと》は寝《ね》てから言えって言葉があったよなぁ、サーラ」

「ええ。本当にその通り。寝言だとしても全身を焼き尽《つ》くしてやりたいくらいに愚《おろ》かだわ」

「まったく見上げた馬鹿だな」

バンド、サーラ、クエイト。三人からそれぞれ悪意のある言葉をぶつけられ、ロッドはようやくそこで、全てを悟《さと》った。

いや、必死で目を逸《そ》らしていた現実に、向き合ったというべきだろう。

「そん……な……じゃあ……最初から、オレを仲間にするつもりなんて、なくて……」

全身から力が抜け、その場に崩れ落ちた。

周囲に響く不快感を伴う音は、未《いま》だ、ロッドの精神を苛むようにして鳴り続けている。

「……く……くく」

ロッドの姿を見て、フィンの顔に刻まれた歪みが、深まっていく。

それはやがて、弾けたような声へと変わった。

「ハハハハハハハハハハ！　そうだよ！　僕は寂《さび》しそうに独りぼっちだった君の、その顔が見たくてここまで付き合ってやったんだ！　いい表情だよ、ロッドくん！　今まで見た中でも1、2を争うほどに酷《ひど》い顔だ！　情けなさだけで言えば間違いなくS級だねぇ！」

けたたましく笑いながら、フィンは目尻《めじり》に浮かんだ涙《なみだ》を指先で拭《ぬぐ》った。

「あー。この瞬間の為に生きてる気がするよ。ロッドくん、もう分かってると思うけど、その宝箱は鍵を開けた奴を罠にかけるんだよ」

「……やっぱり」

「そう。宝箱を開錠した途端、そいつを、階層のどこかへ飛ばしてしまうのさ。どこにいくかは分からないが、少なくともここよりずっと下であるのは確定している。以前に同じ罠にかかって生還《せいかん》した奴から聞いたから、間違いないさ。いくら【紅蓮】が初心者向けのダンジョンだったとしても、君みたいな新米冒険者がそんな下に落っこちて、果たして生きていられるかねえ？」

「そんな……そんな……！」

最悪だ。絶望感で頭の中が真っ白になる。

ここへ来るまでも、フィンたちが居なければとてもではないが生き残れなかっただろう。その更に下ともなれば、どんなモノが待ち受けているか予想もつかない。

「僕はねえ、目をキラキラさせてついてくる、君みたいな新米を罠に嵌《は》めて、文字通り人生のどん底に落としてやるのが何よりも好きなんだよ！」

フィンが再び哄笑《こうしょう》すると、彼の仲間たちもまた追従した。

「この罠は、仲間が助けられるようにかある程度、作動するまで猶予《ゆうよ》があるのがまたいいよねえ！　夢や希望を持っていた奴が全てを失うまでの過程をゆっくり観察できる！」

「くそ……この罠を解除しろ！　今すぐに！」

脱出を頑《かたく》なに拒《こば》む壁を何度も叩きながら、ロッドは必死に訴えかけた。

無駄だと分かりながらも、最早《もはや》そうする以外の方法を見出《みいだ》せなかったのだ。

するとフィンは一瞬《いっしゅん》、出会った頃《ころ》のように優しげな笑みを浮《う》かべた。

そして、

「するわけないだろ。バーカ」

ロッドの目の前が、暗闇《くらやみ》に包まれた。


見渡《みわた》す限りの、暗黒。

まるで触《ふ》れられそうなほどの濃《こ》い闇《やみ》が、辺りには立ち込《こ》めていた。

もう何時間経《た》っただろうか。いや、ひょっとすれば、何日もかもしれない。

ほとんど視界の効かない状況は、正常な感覚を失わせていた。

「……最悪だ」

ロッドは力の入らない声で、呟く。

「全部……あのフィンさん……いや、フィンのせいだ……」

ロッドは怨嗟《えんさ》を込めて、告げた。

もうそれくらいしか、やれることがない。

罠にかかり飛ばされた先は、思い出したくもないほどに、恐《おそ》ろしい場所だった。

通路が複雑に入り組んでいるだけではない。見たことも聞いたこともないような巨大な魔物が当たり前のように徘徊し、何度も罠にかかって死にかけた。

それでも、出口である階段を探して必死に走り回ったのだ。しかしまるで見つからず、罠や魔物から逃《に》げる時に負った傷がひどく痛みだしたせいで、ついには動くことすら困難になる。

そうして最後にはこの、通路の隅《すみ》で少しでも気配を消すべく膝《ひざ》を抱《かか》えているという状態だった。

「どうすれば……どうすればいいんだ……」

打つ手がまるでない。このままここでこうしていたところで、何か事態が好転するわけでもなかった。

鞄《かばん》の中にある携帯《けいたい》食料や、皮袋《かわぶくろ》に入った水もわずかで、いくらもしない内に尽きるだろう。かと言って探しにいくような度胸もない。

今ここでこうしているだけでも奇蹟《きせき》のようなものなのだ。行動を起こして死なない理由などどこにもない。

だからと言って、じっとしたままでもゆっくりと死に向かっていくだけなのだが——。

（オレは、こんなことをしている場合じゃないのに……！　こんなところで終わるわけにはいかないのに！）

脳裏《のうり》に、レイナの顔が浮かんだ。彼女《かのじょ》と交《か》わした約束を果たすどころか、自らの明日すら脅《おど》かされている状態だ。忸怩《じくじ》たる想《おも》いに、ロッドは強く奥歯《おくば》を噛《か》み締《し》めた。

「大体、ここ、どこなんだよ……何階なんだ……？」

天井《てんじょう》を見上げたところで、同じく闇がわだかまっているだけだ。見当もつかない。

仮に相当に下層だとして、【紅蓮の迷宮】は既《すで》に攻略《こうりゃく》されてしまった場所だ。冒険者の一人でも居なければおかしいのだが、今のところ誰《だれ》とも遭遇《そうぐう》していない。

もちろん、知ったところでどうなるものでもないが。

（あの時、フィンの誘いなんかに乗らなかったら……奴《やつ》の言う通り、おかしいと疑っていれば……！）

たら、れば、を考えても仕方のないことだ。しかし、踏《ふ》んだり蹴《け》ったりの状況を踏まえると、どうしてもそう思ってしまう。

頭の中に、故郷に残してきた母親の、妹たちの、父親の顔が浮かんでは消えていった。

だがそれ以上に、レイナに、ひいてはライゼンに対する申し訳なさが立つ。

レイナは期待してないかもしれないが、それでも、わずかな可能性を芽生えさせてしまった責任が、自分にはあった。

「くそ……誰か……」

叶わないと知りながら、それでも心からの願いを、半ば投げやりな気持ちで口にした。

「誰でもいい。手を貸してくれ……！」

当然だが、先程と同じ。返る言葉など、あるはずもなかった。

「助けてあげようか？」

――とロッドが思っていたその時。

聞こえるはずのないものが、前方から聞こえて来た。

「え……？」

ここに迷《まよ》い込んでから初めて耳にした、人の声だ。

ついに幻聴《げんちょう》がし始めたのかもしれない。いよいよ本格的な終わりが近いなと、ロッドは低い笑いを漏らした。

「こらこら。人を勝手に幻《まぼろし》にするんじゃないよ。せっかく親切にしてあげているのに」

「まだ聞こえる……しつこい幻聴だな……」

「幻聴じゃないってば！　前を向きなさいよ、前を！」

叱《しか》りつけるように言われ、ロッドは膝の間に埋《う》めていた顔を上げた。

一人の少女が、立っている。

年《とし》の頃は十二、三歳程度だろうか。蜂蜜《はちみつ》色の綺麗《きれい》な髪《かみ》を腰《こし》の辺りまで伸《の》ばしていた。

白く透明《とうめい》な肌《はだ》には傷や染《し》み一つすらなく、団栗《どんぐり》に似た目には鮮《あざ》やかな赤の瞳《ひとみ》。全体的に作り物めいていて、ともすれば精巧《せいこう》な人形であるように思えてしまう。

おまけに身に纏《まと》っているのは、薄暗《うすぐら》い中でもそうと分かるほど純白の衣《ころも》だった。どういう生地《きじ》を使っているのか、光源もないというのに薄く輝《かがや》いており、周囲が照らされている。

少女の外見がはっきりと分かったのは、その為だ。

「ああ……」

「ほら、ちゃんとここに居るでしょ？　疲《つか》れてるのは分かるけどあんまり失礼なことを言わないで欲しい――」

「……幻覚《げんかく》か」

「自分の主張を梃子《てこ》でも譲《ゆず》らない構えだねえ」

やれやれとばかりに、少女は腰に手を当てた。

しかし無理もないという話だ。ダンジョンの、恐らくはかなりの下層であろう場所で、女の子が一人ろくな装備ももたずに生きていられるはずがないのだ。

「まあ、君がそう思うのも無理はないか。わたしが場違《ばちが》いであることは自覚してるしね」

少女は言って、ロッドに歩み寄ると腰を折り、顔を近づけて来た。

「でもねえ。わたしは確かにここにいるんだよ。なんなら触《さわ》って確かめてみるかい？」

急に幼いとは言え見目麗《うるわ》しい造形が迫《せま》り、ロッドは顔を赤くして仰《の》け反《ぞ》る。

「頬でも頭でも、腕でも脚《あし》でもどこでもいいよ。なんならおっぱい揉《も》ませてあげようか？」

からかうような表情を見せ、少女はロッドの腕をとると、自分の小さな胸に触れさせようとした。

「い……いや！　いい、いいって！」

「そう遠慮《えんりょ》せずとも。確かにいささか貧相《ひんそう》だけど、それなりには楽しませてあげられると思うよ？」

抵抗《ていこう》するロッドを無視し、少女はぐいぐいと腕を引っ張って来る。意外なほどに強い力だ。

「わ、分かった！　信じる！　君が実在してるって信じるから！　だからやめてくれ！」

「あ、そう。思春期真《ま》っ盛《さか》りの割に欲がないね」

あっさりと手を放した少女は、少しだけ不満そうに唇《くちびる》を尖《とが》らせた。

「か、勘弁《かんべん》してくれよ……というか、君、誰だ？　君もオレと同じように罠にかかってここまで飛ばされてきたのか？」

「わたし？　わたしはラビィ。罠にかかってここに来たわけじゃないよ。でも少し前からこの辺に居たの」

「ど、どういうことだ？　いくらなんでも一人で降りてきたわけじゃないよな？　ここが何階かは知らないけど……」

「ここは【紅蓮の迷宮】の99階。つまりは最下層だよ」

「へえ、そうなんだ。さいか……最下層⁉」

仰天《ぎょうてん》するあまり大声を出してしまい、ロッドは慌《あわ》てて自らの口を塞《ふさ》いだ。魔物が聞きつけて来ないとも限らない。

「まさか、最下層って……それで他の冒険者を見ないのか？　いや、でも幾らなんでも一人《ひとり》もってのはおかしいよな」

「うん、そうだね。何人かは探索してるよ。でも君が今居る場所は、99階の隠《かく》し扉《とびら》を通らないと来ることの出来ない、特別な区画なんだ。今のところ、発見した冒険者は誰も居ない。随分《ずいぶん》と運が悪かったねえ」

「え、そ、そうなのか？……って、なんで君にそんなことが分かるんだ？」

未踏破の秘密区画であるならば、ますます、少女が一人で平然としているのはおかしかった。

ロッドが眉《まゆ》を顰《ひそ》めると、少女は少しばかり自慢《じまん》げに、胸を反らして己《おのれ》を指差す。

「そりゃあ分かるさ。だってこのダンジョンを創ったのはわたしだもん」

「……は？」

聞き間違いかと、ロッドは自らの頭を掻いた。

「その……今、なんて？」

「だから。このダンジョン……というか、君達が五大迷宮って呼んでいる建物を創ったのは、わ・た・し」

「は……ははははは。面白《おもしろ》い冗談だな」

場を和《なご》ませようとしてくれたのだろう。実際、緊張《きんちょう》しっぱなしであったロッドの心は、わずかにほぐれた。

「いやだから本当だってば」

また疑う、とばかりに頬《ほお》を膨《ふく》らませたラビィに、ロッドはいささか呆れ果てた。

「いや、あのな。何も知らないようだから教えてあげるけど、このダンジョンを創ったのは、神様なんだよ。この世界には沢山《たくさん》の神様が居て、色んな役目を持ってるんだ。その内、迷宮神《めいきゅうしん》って呼ばれる方が、人間への試練の場を与える為に五大迷宮を生み出したんだよ」

「知ってるよぉ。だってわたしがそうだもん」

「なにが」

「いや迷宮神」

「誰が」

「わ・た・し・が」

噛み含《ふく》めるようにして言い、自らを指差すラビィ。

「…………」

「…………」

「……可哀想《かわいそう》に頭が……」

「ことごとく失礼な奴だね君は。そろそろ罰《ばっ》するよ？」

立腹するように形の良い眉を吊《つ》り上げるラビィ。

「いやいやいや。さすがに無理があるだろ。君が迷宮神っていうのは。だってまだ子どもじゃないか」

「神に見た目は関係ないと思うけど、本来のわたしはこうじゃないんだよ。ある事情で幼い姿になってるんだ。本当はこう、胸がばーんとなってて、腰がきゅーっとなってて、お尻もどばばーんって張り出してて、脚もすっらーとなってるんだからね」

「ははは」

「大人ぶる子どもをいなす時特有の空疎《くうそ》な笑いはやめてもらっていいかな？」

ため息をつき、ラビィは自らの眉間《みけん》を揉んだ。

「まいったなぁ。神だって信じてもらうのがこんなに難しいなんて。いやまあ、相手をしてくれてるだけマシな方か……君以外の人は不気味がって、話を聞く前に逃げてしまったからね」

「オレ以前にも冒険者に会ったのか？」

「うん。ここではない区域で、何人かね。でも止めるのも聞かずに走って行って、そのまま。どうも魔物の類と思われたみたいで」

この状況だ。無理もなかった。攻略済みとは言え、ダンジョンの全てが明らかになっているわけではない。まして最下層であるならば、思いも寄らぬ魔物に出くわしたとしてもおかしくはなかった。

「君はよく逃げなかったね。見た目に反して肝《きも》っ玉《たま》が据《す》わっているということかな」

「単に疲れ果ててそんな余力もなかっただけだ」

「そういうことか。でも運が良いよ。話を戻すと、わたしは君を助けてやれるかもしれない」

「……一体どうやって？」

彼女が何者であるかの疑問は、ひとまず置いておくことにした。今はどんな存在にしろ、一縷《いちる》の望みがあるなら縋りたい。

「ふむ。方法は色々あるんだけど、一番手っ取り早いのはそうだなぁ……君、ところでアビリティは？」

「え？　あ、ああ、【アンロック】だけど」

ラビィが「でかした！」と指を鳴らした。

「それは都合が良い。一番簡単で単純なやり方が使える。ちょっとついてきて」

言うが早いか、ラビィはロッドに背を向けて歩き始める。

「え、あ、ちょ……ちょっと！」

どうする。ついていくべきか。そんな迷いが、ロッドの中に生まれた。

怪《あや》しいと言えば怪しい。胡散臭《うさんくさ》いと言えば、物凄《ものすご》く胡散臭い。

ラビィ自身が口にしたことだが、彼女が魔物の化けた姿であるという可能性も捨てきれなかった。

一度騙《だま》された身だ。二度目は警戒《けいかい》してしかるべきだが――。

「ああ、もう、くそ！」

さすがにこの状況下で、年下の女の子を一人でうろつかせるわけにはいかなかった。

今まで彼女が無事だったからと言って、これからもそうだとは限らないのだ。

「……ふうん？　優《やさ》しいんだね」

後ろを追って来たロッドに対して、ラビィは薄らとした笑《え》みを浮かべた。

「人間、追い詰《つ》められた時にこそ本性《ほんしょう》が現れるというけど、君は心の底からお人好《ひとよ》しみたいだ」

「……放っておいてくれよ」

脳裏にフィン達の姿が思《おも》い浮かび、ロッドは不貞腐《ふてくさ》れた。どうせ自分は純粋で、お人好しの、単純野郎《やろう》なのだ。

「いや、褒《ほ》めてるんだけどね。命のかかった状況で、それでも他人を思いやれるなんて、中々できることじゃない。誇《ほこ》るべきことだよ、それは」

「え……ありがとう」

「うん。元々あげるつもりではあったけど、君にならあれを託《たく》してもそうそう悪用はしなさそうだ。安心したよ」

頷《うなず》いて、ラビィは更にダンジョン内を進んでいった。

ロッドは置いて行かれないように、その後ろに続いていたが、そこで妙《みょう》なことに気付く。

（……この子、まったく足取りに迷いがないな）

ラビィの話を信じるのであれば、ここは【紅蓮の迷宮】の最下層、それも誰にも見つかっていない区域だ。ロッドのように罠にかかった者を除けば、誰も到達《とうたつ》したことのない未知の領域ということになる。

いやたとえそうでなくとも、危険な場所であることには違《ちが》いない。

それをまるで恐れる様子もなく、まるで家の庭を散策するように歩いていくというのは、どういうわけだろうか。

まるで、頭の中にダンジョンの詳細《しょうさい》な地図があるようだった。

更にしばらく時が経った頃に気付いたことだが、

（さっきから魔物に出遭《であ》うこともなければ、罠にかかることもない）

ロッドが逃げ回っていた頃を踏まえると、ありえない事態だ。

（魔物の居る場所や、罠のある地点を、知っている……？）

そんな馬鹿なとすぐに否定した。それが事実だとすれば、先程のラビィの言葉を証明することになってしまう。

彼女が、五大迷宮の全てを創造した、迷宮神であると。

（……いやいやいやいやいや。ないないないないない）

それだけは、ない。現実的にありえない。

迷宮神は五大迷宮を創り、最初に探索しようとした人間に【セレクト】を渡すと、いずこかへと姿を消したと言われていた。

それ以後、彼の者を見た者は一人としていない。

それが今、自分の目の前に居る。しかも変に気さくな少女として。

さすがにロッドが単純だとしても、受け入れられるものでもない。

(だよなぁ……)

しかしだとしても、一体、何者なのか。

ロッドが思案しながらラビィの背を見つめていると、

「ああ、ここだ、ここ」

と彼女は何も無い通路で立ち止まった。

「ん？　どうしたんだ？　休憩《きゅうけい》？」

確かにそれなりの距離《きょり》を進んできたが、と思っていたロッドにラビィは首を横に振《ふ》る。

「あらよっと」

軽い口調で言って、ラビィは通路の壁《かべ》に手を触れた。

途端《とたん》、驚《おどろ》くべき現象が起こる。

壁に光の線が走り、それはロッド三人分はあろうかという巨大な長方形を描くと、更に激しく輝き始めた。

間もなく現れたのは、荘厳《そうごん》で壮麗《そうれい》な両開きの扉である。

細かな装飾が施《ほどこ》された存在は、どこか侵《おか》されざるべき神秘的な趣《おもむ》きと、資格なき者を無言で拒むかのような威圧感《いあっかん》を持っていた。

あまりにも突然《とつぜん》に現れた異様な光景にロッドが目を見張っている内、ラビィは扉を手で押《お》して開いた。

「ほら、はいるよー」

中に入った彼女から手招きされて、ロッドは慌てて室内へと足を踏み入れる。

扉の豪華《ごうか》さとは裏腹に、部屋は不自然さを覚えるほどに殺風景だ。というよりも、ほとんど何も置かれていない。

唯一《ゆいいつ》、目に留まったのは、中央にある宝箱だった。

扉と同様に並々ならぬ彫刻《ちょうこく》によって彩られており、一目で普通《ふつう》のものではないと分かる。

「これ、アンロックで開けてみて」

「え。いやでもオレ、さっき使ってしまって」

「大丈夫《だいじょうぶ》。君が途方《とほう》に暮れてる間に一日経ってるから。スキルは回復してる」

ロッドは戸惑《とまど》いながらも頷き、宝箱に近付くと《アンロック》のスキルを使用した。

途端、眼前に浮上《ふじょう》した対象についての情報に、思わず叫《さけ》びに近い声を上げてしまう。

『対象トレジャー・クラス：伝説級。現在の成功率は０．００．１％です』

「で、伝説級⁉　なにそれ⁉」

聞いたこともない等級だ。しかも成功率がとてつもなく低い。

「驚いた？　まあ、無理もないか。今のところ、君達《きみたち》が発見している宝箱は最高で『金級』だっけ。ダンジョンの難易度が上がっていくと、それよりもっと上も出てくるんだけど。これ、実験的に作ってはみたけどちょっと強過ぎて、冒険者《ぼうけんしゃ》が楽し過ぎるかなってここに隠しておいたものなんだよねえ」

ラビィが自身の過《あやま》ちを恥《は》じるように頭を掻《か》いて、苦笑《くしょう》する。

「い、いやいやいやいやいや。色々ついていけないけど、その前に。どう考えてもオレが開けられるような宝箱には見えないんだけど」

「ああ、それは大丈夫。今回だけは特別にわたしが弄《いじ》っておいたから、絶対に成功するよ」

「さ、細工？　どうやって？」

「神だからできるのー。説明するのは面倒《めんどう》くさい。ほら早くやって」

せっつかれ、納得《なっとく》がいかないままに、ロッドは宝箱の前に膝をついた。

（……いやこれ、開けて大丈夫か？　また飛ばされないよな？）

一瞬、嫌な過去が想起されて不安になるが、

「大丈夫だよ。それにここ以外に飛ばされたところでどうってこともないでしょ」

「まあ、確かにそうだけど……というかオレの考えてることが分かるのか」

「神だから」

全部それで片付けるのかよ、と思いつつも、ロッドはラビィの言うことも一理あると開錠に挑《いど》んだ。

スキルによって生まれた鍵《かぎ》を、錠前に差し入れる。緊張に息を呑《の》みながら、ゆっくりとそれを回した。

瞬間、

『開錠に成功しました』

簡素な文章が現れる。

「ほ、本当に上手くいった……」

呆気《あっけ》に取られているロッドに、ラビィが後ろから「ほら早く開けてー」と急《せ》かしてくる。

ロッドは頷くと、緩《ゆる》んだ宝箱の蓋を押し上げた。

眩《まばゆ》いような光が、薄暗いダンジョン内をあまねく照らし出す。

――途端、目の前に星を象《かたど》ったような小さな結晶体が大量に現れた。ソウルだ。

「うわっ⁉　え、なに、幾《いく》つあるんだこれ⁉」

【アンロック】によって得られるソウルの量は、開けた対象によって変化する。

宝箱が見たこともない等級であったことを踏まえると、これほど得られるのも納得はいくのだが――。

「そっちは今どうでもいいから。中身を確認《かくにん》して」

「わ、分かった」

ロッドが頷いている内に、ソウルは引き寄せられるように近付いてきて、体内へと吸《す》い込まれていった。事前に調べていた通りの現象だ。これで、後は任意の機会に選択《せんたく》すればレベルアップしたり、人に譲渡したりすることが可能となる。

ソウルを取得した後、ロッドは改めて宝箱の中身を覗《のぞ》き込んだ。

「これは……剣《けん》、か？」

一見すると、そう思えた。

鞘《さや》に包まれた長剣《ちょうけん》だ。柄頭《つかがしら》から鍔《つば》、鞘自体に至るまで熟練の職人が魂《たましい》を注《そそ》ぎ込んだかのような装飾《そうしょく》が施されている。

市場に出せばそれなりに値段がつきそうではあるものの、言ってしまえば、剣は剣だ。

「これが……『伝説級』のアイテム？　この武器があればオレは助かるのか？」

手に取ったロッドがラビィに尋《たず》ねると、彼女は悪びれもなく答えた。

「いや無理」

「おい⁉」

さすがに食《く》って掛《か》かると、ラビィは肩《かた》を竦《すく》める。

「それだけでは無理ってことだよ。今度はこっち」

言って再び歩き出すラビィを不審《ふしん》に思いながらも、ロッドはついていった。

やがて彼女が辿《たど》り着いたのは、他よりもやや広くなった通路である。

「あれ、見えるよね」

ラビィが指差した方に視線を移し、なんだか以前も似たような状況になったなと思いながらも、ロッドは頷いた。

魔物《まもの》である。

行き止まりになった場所に、巨大《きょだい》な異形が鎮座《ちんざ》している。

頭部に、婉曲《えんきょく》した角を二本生やした牛だ。肉体は極端《きょくたん》に鍛《きた》え上げられてはいるが人間に似ていて、下半身には腰巻《こしまき》だけを巻いている。

丸太のような太くて長い腕《うで》を持ち、手にはロッドであれば一瞬で全身を打ち砕《くだ》かれそうなほど巨大な棍棒《こんぼう》が握られていた。

「ミノタウロス、だな……」

冒険者になる前に漁《あさ》った文献《ぶんけん》の中で、その姿を描いた絵だけは見たことがあった。

特別な能力はないものの、その尋常《じんじょう》ならざる腕力《わんりょく》は岩をも容易に粉微塵《こなみじん》と化し、頑強《がんきょう》さは鋼の剣すら通さぬほど。おまけに体力にも優《すぐ》れ、三日三晩戦い続けても疲れることがないという。

【紅蓮の迷宮】四十階以降に現れる魔物で、熟練の冒険者であっても苦戦するような相手だ。

「でも、オレの知ってるやつとは違うな」

なぜなら、前方に居るミノタウロスには、腕が左に四本、右に四本、合計で八本もある。棍棒も同じ数だけもっており、あんなもので連打された日には、どんな戦上手であっても原形すら残らないだろう。

「うん。最下層だからね。魔物もあれくらいは強くなる。……幸い、まだいじられてはないみたいだな」

「ん、いじられてるって、どういうことだ」

「いや、なんでもない。それよりロッド、君がやることは一つだ」

力強くロッドの背を叩《たた》きながら、ラビィは実に爽《さわ》やかな顔をして言った。

「その剣であのミノタウロスちゃんと戦って欲《ほ》しい」

「うん、無理だな！」

速攻《そっこう》で逃げ出そうとしたロッドを、ラビィは幼さに似合わぬ力で服を掴《つか》んで止めてくる。

「は、放せ！　無理に決まってるだろ⁉　普通のミノタウロスでも無理なのに、あんなとんでもない奴が倒《たお》せるわけない！」

「だいじょーぶ、だいじょーぶ。意外となんとかなるって」

「そんなお気軽な気持ちで挑戦《ちょうせん》できるような相手じゃない！」

「いやまあ実際、君だけなら無理なんだけどさ。その剣があればいけるんだって」

「なにがだよ！　ただの剣だぞ！　どれだけ鋭《するど》い切れ味であろうとも武器一本で何とかなるわけが――」

「いいから行ってきなさいってばっ！」

ぐい、とラビィに引っ張られたかと思うと、ロッドは自らの体が反転するのを感じた。

更《さら》にラビィは背中に回ってくると、

「はい、どーんっ！」

遠慮なく後ろから、抗《あらが》いようのない強さで押してきた。

「うわあ⁉」

勢いのままに前方へと強制的に移動し、危《あや》うく転びそうになるところを耐《た》える。

「な、なにするんだよ！　危ないだろ――」

と、後ろを向いて抗議《こうぎ》しようとしたロッドだったが、それどころでないことをすぐに覚《さと》った。

荒《あら》い鼻息と腹の底に轟《とどろ》くような唸《うな》り声が、すぐ間近で聞こえて来たからだ。

恐る恐る、前を向くと――。

頭二つ分高い場所から、ミノタウロスが見下ろしていた。

「ウワアアアアアアアアアアアアアアアアアッ‼」

ロッドは、今までの人生で一切《いっさい》出したこともない、とんでもない声量で叫んだ。

「――ッ！」

呼応するようにしてミノタウロスもまた咆哮《ほうこう》する。

「違う違う違う違う！　今のは挑発《ちょうはつ》したんじゃなくて！」

必死で言い訳するが魔物に通じるはずもない。

ミノタウロスは即座《そくざ》に腕を振るい、棍棒をロッドの頭上目掛《めが》けて降り落としてきた。

け散る。

「うわっ⁉」

咄嗟《とっさ》に後ろへ退いたことで避《さ》けられたが、先程《さきほど》まで自分の居た場所が、棍棒で無残に砕け散る。

もし当たっていたらと思うと、魂が抜《ぬ》けそうになった。

「ほら、頑張《がんば》れ、頑張れ。剣を抜くんだロッド！」

後ろから呑気《のんき》極《きわ》まりない声で、ラビィが応援《おうえん》してくる。

既に獲物《えもの》として認識《にんしき》された以上、ミノタウロスから逃《のが》れることは困難だろう。

「ああ、もう！　恨《うら》むからなー！　ラビィ！」

ロッドは泣き声を上げながらも、やるしかないと先程手に入れた剣を鞘から抜いた。

かといってこんな相手にどう立ち回ればいいのか。対策すら出来ない。

なにせこちらは魔物とまともに戦うことすら初めてなのだから。

が、ロッドの都合など魔物が配慮《はいりよ》してくれるはずもなかった。

「――――ッ！」

八本手のミノタウロスが鼻息荒く雄叫《おたけ》びを上げて、まっすぐ突《つ》っ込んでくる。

頑丈《がんじよう》な迷宮の床《ゆか》すら踏み割るような脚力《きやくりよく》は、およそ生物が発するとは思えない重みのある足音を鳴らし続けていた。

「わあああ！　ああああああ！」

あまりの迫力《はくりょく》に、ロッドは剣を構えたまま踵《きびす》を返し、全速力でラビィの元まで逃げる。

「いや死ぬってこれ!!」

「ダメだよ、戦わなきゃ。活路は前に進む者のみに開かれるんだよ！」

「含蓄《がんちく》のあるお言葉をどうも！」

　このまま場から走り去ることも出来たが、ロッドは大丈夫だとしても、追ってきたミノタウロスの手でラビィが犠牲《ぎせい》になるかもしれない。

（自分が死ぬかもしれない状況《じょうきょう》で、他人を気にしている場合かって思うけど、それでも――）

　目の前にあるラビィの幼い顔が、故郷の家族のそれに被《かぶ》った。

　お兄ちゃん、お兄ちゃんと自分に懐《なつ》いていた、二人の妹の姿に。

（ダメだ、そんなこと出来ない！）

　少なくとも、本当の瀬戸際《せとぎわ》までその案は捨てておくべきだった。

「ああ、もう……やるしかないのかよ！」

　こうなったらもう、なるようになれだ。ロッドは奥歯を噛み締めて、再び前を向いた。

　迫りくるミノタウロスに向けて、剣の柄を握《にぎ》る手に力を込める。

『魔物の接近を感知。〈武神の剣《ぶじんのけん》〉の使用意思を確認。ソウルを一つ消費して効果を発揮しますか？』

刹那《せつな》、唐突《とうとつ》に目の前に文章が現れた。ロッドが「え？」と驚いている間に、再び同じものが浮かび上がる。

『魔物の接近を感知。〈武神の剣〉の使用意思を確認。ソウルを一つ消費して効果を発揮しますか？』

武神の剣、というのはロッドが持っている武器の名称《めいしょう》だろう。ソウルと引き換《か》えに力を発揮する仕様になっている、ということだ。

「な、なんだか分からないけど、もう、どうにでもなれ！――武神の剣の効果を使う！」

ロッドは半ば自暴自棄《じぼうじき》になりながらも、目前まで近付いたミノタウロスに我武者羅《がむしゃら》になって前進した。

相手の懐《ふところ》へと飛び込んで、渾身《こんしん》の力で刃《やいば》を振るう。

――ひどく手応えのない感触《かんしょく》が返ってきた。

ミノタウロスが跳躍《ちょうやく》し、そのまま後方へ退避《たいひ》したのだ。

（まずい、失敗した……！）

血の気が引くがもう遅《おそ》い。ミノタウロスが勝利を確信したように叫び、再び突進《とっしん》してくると、三本の棍棒を同時に振るってきた。
（あ、死んだ）
意外と冷静に、ロッドは事態を受け止める。
己の大きさと同じだけの棍棒が、逃《に》げ場《ば》のない三方向から、容赦《ようしゃ》なく振り落とされた。
『使用者の承認《しょうにん》により、〈武神の剣〉が覚醒《かくせい》します』
鈍《にぶ》い音が、連続して鳴り響《ひび》く。
「――――ッ！」
ミノタウロスの顔が歪《ゆが》んだ。
獲物を捉《とら》えたことへの愉悦《ゆえつ》――――。
では、ない。
「……へ？」
ロッドは、自分で自分がやったことに、呆然《ぼうぜん》とした。
ミノタウロスが仕掛《しか》けた三本の棍棒は、いずれも明後日の方を向いている。
相手の攻撃《こうげき》が、何らかの事情で空を切ったわけではなかった。
弾くと同時に、巧《たく》みに力を受け流されたのだ。
ロッドの持つ剣によって、超高速《ちょうこうそく》で。

「い、今なにが起こって……」

困惑しているのはロッドだけではなく、ミノタウロスも同様のようだった。

しかし、すぐに我を取り戻すと、先程の現象はなにかの間違いだとばかりに襲い掛かって来る。

「――ッ！」

再び三本の棍棒が迫り、ロッドは咄嗟に身構えた。

刹那、己の体が勝手に動く。

いや、というよりもそれは、引っ張られたという方が当て嵌《は》まっていた。

剣自体が意図せずに軌道《きどう》を描《えが》き、ロッドを強制的に導いていく。

そのまま剣はロッドを操《あやつ》るようにして、ミノタウロスの猛攻《もうこう》を瞬《また》く間《ま》に防ぎ切った。

まともに受ければ剣を持つ腕の骨が砕け散っていただろうが、滑《すべ》らせるようにして軌道をずらしている為《ため》に、わずかな重みしか感じない。

正に、達人だけが出来る芸当だった。

「なん、だこれ……なんだこの剣⁉」

驚いているロッドに対して、背後からラビィの声が響く。

「不思議に思うのは後だ！　今が絶好の機会だよ！」

言われてミノタウロスを見ると、ロッドの動きが想定外だったのか、次手を迷うように動きを止めていた。

「な、なんだか分からないけど……行くぞ！」

ロッドは一歩を踏み出し、そのまま疾走《しっそう》する。

肉薄《にくはく》し、ミノタウロスに対して一撃《いちげき》を仕掛けた。

相手は目を見開きながら、このままやられてたまるかとばかりに八本の手を高速で動かす。棍棒が大気を打ち砕きながら、あらゆる方向から牙《きば》を剥《む》いた。

しかしロッドはその全てを、巧みな足さばきで回避《かいひ》していく。

正確に言えば剣がというべきだろうが、とにかく、新米であるはずの自分が、名の知れた冒険者のように尋常ならざる身体能力を発揮していた。

やがてどれほどやっても空振《からぶ》りに終わる攻勢《こうせい》に疲れたのか、ミノタウロスに明らかな隙《すき》が生まれる。

「今だ！　いけ、ロッド！」

ラビィの指示を背に、ロッドは気合の声を上げ、大きく跳《と》び上がった。

「終わりだあああああああっ！」

ミノタウロスの頭上から、振り被った剣を渾身の膂力《りょりょく》で振り下ろす。

刃が相手の顔面から胸、腰の辺りまで真っ直《す》ぐに切り裂《さ》いた。

そのまま、ロッドは着地。

わずかな沈黙《ちんもく》。

——血飛沫《ちしぶき》が、上がった。

ロッドが見上げると、ミノタウロスは現実が信じられないというように目を見開いたまま、ふらついて後ろへと下がっていく。

そして、そのまま、後ろへと倒れ込《こ》んだ。

警戒してしばらく待ってみたが、起き上がる気配はない。

「……やった、のか？」

口に出してみても、ロッドにはまるで現実感がなかった。

自分が、討伐《とうばつ》したのだ。

B級以上の冒険者にしか戦えないような、ミノタウロスを。

いや、八本も腕があるのだから、強さとしてはそれ以上だろう。

それを、確かに、倒したのだ。

「う、嘘《うそ》だろ……すごい……すごいぞ⁉　やったーッ！」

遅《おく》れて湧《わ》き上がって来た喜びに、ロッドはその場で何度も跳び上がった。

が、

「おぐっ⁉」

突如《とつじょ》、全身に痛みが生じて蹲《うずくま》る。傷を受けた時のものではない。内部から苛《さいな》まれる、筋肉や骨が軋《きし》んでいるかのような痛みだ。

「な、なんだこれ……い、いたたたた」

己の体を抱《だ》きしめながら顔をしかめていると、後ろから声が聞こえて来た。

「反動だよ」

顔を後ろに向けると――それだけでもかなり辛《つら》く、ロッドは小さく悲鳴を上げた――ラビィが手を叩きながら近付いてくるところだった。

「は、反動……？」

「そう。鍛えてない体で、かなり無茶苦茶《むちゃくちゃ》な動きをしたからね」

「どういうことだ。さっき手に入れた剣？　これのせいなのか？」

ロッドが己の手を見下ろしながら問いかけると、ラビィは「そう」と微笑《ほほえ》みを浮《う》かべる。

「〈武神の剣〉――現状、手に入れられる冒険者が存在しない稀少《きしょう》なアイテムなんだから、有難《ありがた》く思ってよ」

「ど、どういう効果なんだ、これ。さっき、勝手に剣が動いた気がしたけど」

「その通り。武神の剣は言葉こそ発しないけど自分の意志を持っていて、その場に相応《ふさわ》しい動きを瞬時《しゅんじ》に実現するんだ。ソウルを一つ消費する代わりに、それを使うと、素人《しろうと》同然の冒険者も超一流《ちょういちりゅう》の剣士と同等の戦いが展開できる」

「な、なるほど。でもこの痛みは……」

「そりゃ、素人同然の君が超一流の剣士と同じ戦い方をすれば、体がついていけなくて悲鳴くらい上げるさ」

「素人同然って何度も言うなよ。その通りだけど」

「まあ、訓練すればその内に使えるようになるよ。ソウルを一つ消費するっていうのがちょっと問題でね。近接戦闘《せんとう》系のアビリティだと、ソウルを得る為に〈武神の剣〉を使って敵を倒そうとすると、同時に手持ちのソウルを減らしてしまうっていう、ちょっと扱《あつか》い辛くなるところはあるんだけどさ。君の【アンロック】の場合は違う方法でソウルを入手できるから、その辺りも問題ないだろ」

「ああ……確かにそうだな。だからオレにこの武器を？」

「そういうこと。で、あれを見てごらん」

ラビィから促《うなが》され、ロッドは未《いま》だに動きにくい体に鞭《むち》を打ちながら、彼女《かのじょ》の視線を追って前方へと目をやった。

すると、倒れたミノタウロスの向こうに、何かがある。

先程まで巨体《きょたい》に隠れて見えなかったのだ。行き止まりの壁が鈍く発光しており、それが、床に描かれた複雑な模様を照らし出していた。

「地上への、転移装置さ」

「え――ええ!? じゃ、じゃあ、あれを使えばこのダンジョンから脱出《だっしゅつ》できるのか!?」

勢《いきお》い込んで尋ねたロッドに、ラビィは笑顔《えがお》のままで頷く。

「……信じられないな」

一時は死ぬことすら覚悟《かくご》したというのに、これほどまでの僥倖《ぎょうこう》に恵《めぐ》まれるとは。

「まあ、警戒するのなら無理にとは言わないけど。ただ、そこに居るミノタウロスはまだ死んでない。君が与《あた》えた攻撃で気を失っているだけだ。そろそろ起き上がる可能性があるよ。それでもいい？」

「ほ、本当か……!?」

慌《あわ》ててロッドはミノタウロスの様子を確かめる。薄暗《うすぐら》い中では分からないが、言われてみれば微《かす》かに呻《うめ》きのようなものが聞こえてきた。

「武神の剣はあくまでも動きを手助けするだけ。アビリティでステータスが付与《ふよ》されていると言っても、さすがに今の君の力では、たった一撃でミノタウロスに致命傷《ちめいしょう》を負わせるには足りないさ。目を覚ますのを待って完全に倒したいというのなら、止めないけど」

ラビィの話に、それもそうだとロッドはぞっとした。

「……そんな根性《こんじょう》はないよ。ありがたく使わせてもらう」

痛みを堪《た》えながら立ち上がり、ロッドは持っていた武神の剣を鞘に納めて、腰《こし》に下げた。

「それに、ミノタウロスとは関係なく、こんな剣を惜《お》しみもなくオレにくれたんだ。君のことは信じる」

そのまま前方へと進み、模様の上に立つ。

するとラビィは嬉《うれ》しそうに顔をほころばせ、小走りでロッドの元まで来た。

模様全体が青白く光《ひか》り輝《かがや》くと、鈍い音と共に半透明《はんとうめい》の壁が床から持ち上がる。

かと思うと、前触《まえぶ》れなくロッドの目の前が暗闇《くらやみ》に閉ざされた。

だがそれは一瞬《いっしゅん》。

気付けば、見覚えのある場所まで移動していた。

【紅蓮の迷宮】の1階だ。

開け放たれた入り口から、外の光が眩く差し込んでいた。

「ああ……本当に戻ってきたんだ」

生還《せいかん》の実感が、じわじわと湧いてくる。

これまで大して感じていなかった、生きて明日を迎《むか》えることが出来るということへの有難さが、十二分に骨身に染《し》みた。

（これで……これでまた、レイナさんとの約束を守る為に動くことが出来る）

酷《ひど》い目に遭《あ》って、ダンジョンに恐怖心《きょうふしん》を抱いていないかと言えば、嘘になる。

だがそれ以上に、夢を断《た》たれなかったことへの感謝の方が大きかった。

死を実感して尚《なお》、諦《あきら》めきれない気持ちが消えることはない。

「ありがとう、ラビィ。君のおかげだ」

改めて礼を言い、深々と頭を下げると、ラビィは「いやいや」と軽く手を振る。

「大したことじゃないよ。でもこれで、わたしが神様だって信じてくれるかな？」

それは、と答えかけて、ロッドは黙《だま》り込んだ。

（神様って言われても、さすがに途方もなさ過ぎてそのまま受け入れることは出来ないな
……でも、この子が只者《ただもの》じゃないのは確かだ）

【紅蓮の迷宮】の最下層にある秘《ひ》められた区域を全て知り尽《つ》くしているように動き回り、当たり前のように隠《かく》れた宝箱を見つけ、ロッドが聞いたこともないような武器の詳細を知っている。

迷宮を創り出した主だと言われても、なるほど、そこまで不自然には思えなかった。

「どう判断していいのか分からない。でも、君が普通じゃないっていうのは分かったよ」

考えあぐねた結果、中途半端《ちゅうとはんぱ》な答えしか出せなかったロッドに、ラビィはそれでも口元を緩めてくれた。

「ん。今はそれでいい。まあ、君が助かって良かったよ」

「うん。本当に感謝してるよ。お礼に、なにかオレに出来ることはないかな？」

「お？　言ったね？　言ってしまったね？」

「……え？」

かかったな、とばかりに不敵な表情を浮かべたラビィに、ロッドはなんとなく胸騒《むなさわ》ぎを覚えた。なにやら迂闊《うかつ》なことを口にしてしまったかもしれない。

「実はあるんだよ。君にやって欲しいこと」

「……な、なにかな。あんまり難しいことだと無理かもしれないけど」

「いやぁ、簡単な話さ。わたしの代わりにある存在と戦って欲しい」

「ある存在？　誰《だれ》だ？　この剣があれば大抵《たいてい》の奴《やつ》はなんとかなる気がするけど、実はオレ、ある人との約束があって、そっちを優先していいのなら――」

「――夜神《やしん》ネルトガ」

ラビィの告げた名に、ロッドは眉《まゆ》を顰《ひそ》めた。

「……ヤシンネルトガ？　そんな魔物いたっけ？」

「魔物じゃないね。わたしと同じ、神だ」

「か、神様⁉　な……え、どういうことだ⁉」

いきなりのぶっ飛んだ話についていけず、ロッドは大いに戸惑う。無理もない。

「そうか。もう皆《みな》、ネルトガのことは忘れてしまったんだね。わたしたち神からすればほんの少し前だけど、人間からすると千年も昔の話だから」

「……一体、どんな奴なんだ？　ネルトガって」

「ふむ。まず前提として、この世界には沢山《たくさん》の神様がいることは、君も知っていたよね」

ロッドは当惑《とうわく》しながらも、頷いた。

「あ、ああ。と言っても気が遠くなるくらい昔に、人間の前に姿を現すことがなくなったみたいだけど」

「その原因を作ったのがネルトガなのさ。彼《かれ》はこの世に夜と月を生み出した。加えて恐《おそ》ろしく強い闇《やみ》を操る術を持っていて、その実力は大勢いる神の中でも群を抜いていた。ただそのせいで、ひどく傲慢《ごうまん》になってしまったんだね。自分こそが神様の中で一番なのだと、そう驕《おご》るようになってしまった。次第《しだい》に、神様全員で見守っていた人間を自分が支配すると吹聴《ふいちょう》するようになり、他の神に対して、己《おのれ》に従えと強要するようになったんだ。更には逆らった相手を傷つけ、消し去ってしまいさえした」

「ずいぶんと酷い奴だな……」

ロッドの脳裏《のうり》に、自分を騙《だま》したフィンの顔が過ぎる。どこにでも、人の心――この場合、正しい表現かどうかは分からないが――を持たない奴はいるものだ。

「だけどそのことが神々の怒《いか》りに触《ふ》れ、彼らは結託《けったく》し、ネルトガを排除《はいじょ》しようとし始めた。神と神の戦いはとても激しく、七日七晩続いた。だけどさすがに多勢に無勢。さしものネルトガも追い詰《つ》められ、ついには神々によって封印《ふういん》されてしまったんだ」

「封印？　殺されたんじゃなくて？」

神々を憤《いきどお》らせたのだから、そこまでされてもおかしくはないように、ロッドには思えた。

「うん。と言うのも、神に死という概念《がいねん》はないんだよ。たとえ塵《ちり》にされたって、いつかは蘇《よみがえ》ってしまう。だからその身を動けないようにするしかなかったんだ」

「ああ、なるほど。根本的に人間とは違《ちが》うんだな……」

超常《ちょうじょう》の存在とは、そんなものかもしれない。ロッドが頷《うなず》くと、ラビィは続けた。

「だけど、封印も永遠じゃない。いつかは分からないけど、時が経《た》てば解けてしまう。その時にまた同じことをすればいいじゃないかと思うかもしれないけど、神様たちもネルトガとの戦いで無事には済まなかった。それどころかほとんどがボロボロの状態で、傷を癒《い》やす為に永い眠《ねむ》りにつくしかなかったんだ」

「ん、でもそれなら、ネルトガの封印が解けた時に戦える神様が居なくなってしまうんじゃないか？」

「そう、その通り。そこでわたしは五大迷宮を創ったんだよ」

ラビィは察しの良い生徒を教師が褒《ほ》めるように、そこで拍手《はくしゅ》する。

「もし、神様たちが目覚めるまでの間にネルトガが解放されてしまった時、戦えるのは人間しかいない。そこで彼らを鍛え上げる為に、わたしが五大迷宮を創り上げた。わたし自身は元々、建物の構造を編み出し、その知識を人間に与える神だったんだけど、以来【迷宮神】と呼ばれるようになったというわけさ」

「五大迷宮は、そのネルトガを倒す為の訓練場だったたってことなのか⁉」

それが本当だとすれば、まさしく衝撃《しょうげき》の事実だ。

かつて神が創り、人間に与えた試練の場――。

五大迷宮はそう伝えられてきた。

だがよく考えれば、何の為の試練であるのかまでは明かされてはいない。

「まさか、神を倒す人間を育成するところだったなんて……」

「倒すっていうのは大袈裟《おおげさ》だけどね。まあ、神様たちが復活するまでの時間稼《かせ》ぎをしてもらうというかなんというか。アビリティを与えたのもその為なんだよ」

「そ、そういうことだったのか。でも……魔物や罠《わな》が人間を鍛える為にあったとしても、宝は？」

「人間なんていう生き物は、大義名分だけじゃあ中々に動かないからね。でも良いモノが眠っているとすれば、厳しさを承知で挑むかもしれないだろう？」

「……あんまり信用ないんだな、オレたち」

とは言え、ラビィの言うことも尤《もっと》もである。仮にネルトガを倒す為に五大迷宮があると知っていたとして、報酬《ほうしゅう》が無ければロッドも危険なダンジョンに潜《もぐ》ろうとは思わないだろう。

「ま、君に渡《わた》した武神の剣のように、ただ渡したところで使いこなせない武器もある。ダンジョンで訓練しながら扱えるようになればって意味で置いてるものもあるけどね。それはともかく、ここからが本題なんだけど」

ラビィの声音《こわね》が真剣味《しんけんみ》を帯びた気がして、ロッドは自然と居住まいを正していた。

「結論から言おう。――ネルトガが復活した」

「……はっ⁉」

急な展開にロッドが度胆《どぎも》を抜かれていると、真顔になっていたラビィは、そこで少し表情を崩《くず》した。

「といっても、全てじゃない。あくまでも一部だ」

「そ、そうなのか。びっくりさせないでくれよ。でも……一部であっても結構不味《まず》い事態なんじゃないか、それ」

「そうだね。非常に不味い。ネルトガはわずかに復活した力を使い、自らの分霊《ぶんれい》を創り出した。分霊っていうのは、まあ、自分の分身みたいなものだ。力は本体に及《およ》ばないけど、それでもネルトガ自体の強さがありえないから、相当にすごい」

「そんな奴がこの世界に……」

息を呑んだロッドの前で、ラビィは更に、重みを増した声で告げた。

「そして――その分霊は【紅蓮の迷宮】に問題ないかを定期検査していたわたしの前に、姿を現した」

「それは……大丈夫《だいじょうぶ》だったのか⁉」

「いやまったく。やばかったね」

言葉とは裏腹に、どこまでも軽《かろ》やかな口調で言うラビィ。

「ネルトガは、自分が完全復活した時の為に五大迷宮を創ったことを察したんだろう。それを阻止《そし》するべく、ダンジョンの管理者であるわたしを狙《ねら》って来たんだ」

「ど、どうなったんだ⁉　見た目、怪我《けが》はないように見えるけど」

「神様だからね。人間の領域に居る時は受肉っていって、君たちと変わらぬ身になるんだけど、それでもある程度の傷は勝手に治癒《ちゆ》される。だけど奴は自分の操る闇によって、わたしの持っている力のほとんどを封印してしまった」

「そんなことが出来るのか？」

「ああ。厄介《やっかい》な術だよ。先の戦いにおいて、神々もそのせいでかなり苦労していた。幸い、全て奪《うば》われる前に奴の目から逃れることは出来たんだけど……追いつけないようにって必死で走って、気付けば【紅蓮の迷宮】の最下層にいたってわけさ」

「その後でオレと出会った、ってことか」

ラビィは頷き、「しかもね」と幼く可愛《かわい》らしい顔を、苦渋《くじゅう》に歪めた。

「ネルトガの分霊は、わたしのことを見失うと、次にダンジョンの管理者部屋を乗っ取ってしまったんだ」

「管理者部屋って……もしかして、ダンジョンを作り変えたり出来るところか？」

ラビィが迷宮神であるならば、そういった場所があってもおかしくはなかった。

「察しが良いね。そう、文字通り、ダンジョンの全てを調整するところだ。この迷宮は随《ずい》分《ぶん》と昔からあるから、五大迷宮全てを制覇《せいは》されたことも過去にはあった。その度に構造から魔物の種類に罠、宝の中身や配置まで全てを変えていたから、それらを実行する為の仕掛けを造って設置していたんだよ」

そこでラビィは、深いため息をつく。

「魔物や罠、宝を新たに造るのはわたしの力でしか出来ないけど、逆に言えばそれ以外、たとえば魔物や罠の数を異常なまでに増やしたり、ダンジョンの構造を滅茶苦茶《めちゃくちゃ》にして入った冒険者《ぼうけんしゃ》を二度と出られなくしたりするなんてことは、仕掛けを使えば可能だ」

「いやいやいや。大変じゃないか。じゃあ、そのネルトガっていうろくでもない奴に、このダンジョンの実権が握られたってことだろ⁉」

「うん。そういうことになる。ただ……そこまでわたしも迂闊じゃない。万が一に備えて、五大迷宮が全て攻略《こうりゃく》されない限り、あらゆる仕様を変更《へんこう》出来るのは百年に一度だけって設定してあった。その間は、わたしだって手出しが出来ない。だから少なくともあと数十年は安心だ」

「そ、そうか。良かった」

ほっとしたのも束《つか》の間《ま》、ラビィは唇をへの字に曲げて唸った。

「ただねえ。一応、微調整《びちょうせい》が要《い》ることになった時用に、魔物の強さや罠の種類は変えられるようにしていたんだ。そこをいじられたら割と困ることになる」

その時、ロッドの脳裏にラビィが口にした不可解な言葉が蘇る。

――……幸い、まだいじられてはないみたいだな
ミノタウロスを見た時のものだ。

あれはつまり、ネルトガによってミノタウロスの強さが操作されていない、という意味だったのだろう。

「奴もダンジョン管理に慣れてないだろうから、今はまだ大丈夫だろうけど、いずれやり方を把握《はあく》されるだろう。そうなればダンジョン全体の難易度が上がってしまい、危険度も増すことになる」

「……不味いじゃないか。なんとか止める方法はないのか？」

「あるよ。ネルトガの分霊を倒すことだ。そうすればわたしの力も、ダンジョン管理権限も戻る。そうなれば後は、奴が手出し出来ないようにわたしが色々と手を打つだけだ。不意を衝《つ》かれたせいでこうなってるけど、相手が完全に復活していない今なら、準備出来ればなんてことはない」

「分霊が居座《いすわ》っている管理者部屋っていうのは、どこにあるんだ？」

「【闇黒の迷宮】の最下層、最奥《さいおう》。わたしが、五大迷宮の中で最難関に設定した場所だ」

ロッドは絶句した。

現在、完全に攻略されているのは【紅蓮の迷宮】のみ。

【蒼煉の迷宮】がその間近だと言われているが、それでも五つ目の最下層に到達《とうたつ》するのがいつになるのかなど、見当もつかない。

「……簡単じゃあ、ないな」

「うん。でもね、君なら出来るんだよ、ロッド」

突然《とつぜん》に名指しされ、ロッドはきょとんとしてしまった。

「オ、オレが？　もしかしてこの武神の剣で？」

確かに凄《すさ》まじい武器だが、これ一本で【闇黒の迷宮】の最下層まで辿《たど》り着けるとは、到《とう》底《てい》思えなかった。

「いや、それだけじゃない。今からわたしに残された力を、君に譲渡《じょうと》する。それを使えば、きっとネルトガの分霊が居る場所まで辿り着けるよ」

「ちょ、ま、待った！　いきなりそんなこと言われても……！」

「幸い、君は良い奴だ。これは皮肉やお世辞で言っているわけじゃない。あの状況下で、正体不明のわたしを守るためにミノタウロスに立ち向かった。君のその精神は、称賛《しょうさん》に値する。剣同様、君であればわたしの力をもっても悪用はしないだろう」

「そ、そういう問題じゃなくて！　オレがその、大勢の神様と一人で同等に渡り合った奴を倒すって⁉　さすがに無茶《むちゃ》だろ！」

いくら分霊とは言え、人の身で神と渡り合うなど、出来る筈《はず》もない。

「大丈夫だって。なんとかなるよ」

「根拠《こんきょ》は⁉」

「……えへっ」

「ないんだな⁉」

可愛らしく片目を瞑《つぶ》られても、許容できるものではなかった。だが、

「……頼《たの》むよロッド。元々、他の神様と違って、わたしには戦う力がない。それもほとんどネルトガに奪われてしまった。神として情けないけど、今は君に縋《すが》る他はないんだ。幸い、人であればわたしに残された力を上手《うま》く使えば、相当に強くなれるはずだ。だから……お願いだよ」

先程とは転じて殊勝《しゅしょう》な態度で頭を下げるラビィを前に、ロッドは言葉に詰まる。

（……ず、ずるいなぁ）

素性《すじょう》や、現実離《ばな》れした話の数々はともかくとして――。

困っている人に、それも女の子にこんな態度をとられては、断るのに抵抗《ていこう》がある。

（それに……彼女には窮地《きゅうち》を救われた恩がある）

あのまま【紅蓮の迷宮】の最下層に居れば、遠からず、ロッドは朽《く》ち果てていただろう。

それが今こうして生還しているのは、全てラビィのおかげだ。

「……。一つ。一つだけ、条件を言ってもいいか」

ロッドが口にした言葉に、ラビィは無言で先を促すように首を傾《かし》げた。

「オレには、ある人と果たさなければならない約束がある。世界の窮地であることは理解しているけど、オレにとってそっちも同じくらいに重要なんだ。だから、君の望みを絶対的に優先することは出来ない。それでも——いいか？」

手前勝手な話であることは、自覚していた。

悪意ある者にダンジョンの支配権を握られているという状況下で、個人の目的を先んじるなど、許されることではないのかもしれない。

だが、それを鑑《かんが》みて尚、ロッドは譲《ゆず》れなかった。

ずっと夢見て来た場所が失われるかもしれないという、その危機を乗り越《こ》える為にやるべきことを。

「もしダメなら、申し訳ないけど、他の人を探して欲《ほ》しい。ここまでしてもらっておいて、わがままだと思われるかもしれないけど——」

「いいよ」

「……へ？」

叱責《しっせき》を受けることを覚悟で言っていたロッドは、あまりにあっさりとラビィが頷いたのに、きょとんとする。

「い、いいのか？　でも、世界の危機なんじゃ……」

「ま、確かにそうだけどね、さっきも言ったけどダンジョン全てを意のままに造《つく》り替《か》えるのは、後数十年はかかる。それに魔物《まもの》や罠をいじられて危険度が増したとして、実力ある冒険者であれば、絶対的に対処できないということもない。つまり現状、対処すべき問題ではあるけど、そこまで焦《あせ》る必要はないんだ。ただ、だからと言ってネルトガを放置して良いということもないし、わたしが何もしなくて良いということもないよね？」

「それは……そうだな。その、ネルトガってやつが介入《かいにゅう》している以上、あと数十年で誰かが【闇黒の迷宮】の最奥に辿り着くっていう保証もないわけだし」

「その通り。だから少しでも攻略進行度を上げる為に、わたしは冒険者に力を譲渡して、自分の代わりにダンジョンを探索《たんさく》して欲しいんだ」

「……なるほどな」

「それに――何もかもを投げ出してわたしの使命を遂行《すいこう》するなんて、そんな酔狂《すいきょう》な奴を探し出すのは奇跡《きせき》に近い。もしかしたら見つからない可能性だってあるでしょ」

ラビィの言葉に、ロッドは苦笑《くしょう》した。一理あると言えば、ある。

「変に責任を感じたり、難しくとらえる必要はないんだよ。ダンジョンを攻略してさえもらえれば、後は君のやりたいようにすればいい。むしろわたしの力を、君の言う約束、とやらの為に利用するつもりでいいんだ」

ラビィはロッドの心に刺《さ》さった棘《とげ》を抜《ぬ》くように、優《やさ》しげな口調で言った。

「重要なのは、わたしの力を君に譲渡するということにある。わたしは人に、願いを託《たく》したいんだ。手遅《ておく》れになる前にね」

「……そういう、ことか」

ラビィの世界の行く末を想《おも》う気持ちは、ロッドにしっかりと伝わってくる。

(オレに神を倒《たお》すなんて、そんなことが出来るかは分からない)

けれど――。

わずかに残る躊躇《ためら》いを振《ふ》り払《はら》うべく、ロッドは咳払《せきばら》いして、堂々と言った。

「――分かった。そういうことなら、君の頼みを受ける」

「ロッド！　本当かい!?」

顔を上げ、喜びに目を輝かせるラビィに、ロッドは苦笑する。

「ああ。やるだけやってみるよ」

「ありがとう！　ありがとう！　じゃあ早速《さっそく》、手を出して！」

近付いてくるラビィの言う通りにすると、彼女はロッドの手を強く握りしめた。

「行くよ！　いいね！……迷宮神ラビィの名に於《お》いて、人の身たるロッドに我《わ》が力を譲渡する！」

直後、ラビィの全身が真昼の太陽よりも強く輝き始めた。

更《さら》に光は意志を持つように動き始めると、ロッドの手を通って伝ってくる。

やがてロッドの体を包み込んだ光は、ひと際大きく煌《きら》めくと、何事もなかったように消え去った。

「……うん。譲渡完了《じょうとかんりょう》！」

「え、もう？　本当に？」

「そうだよ。君のアビリティを確認《かくにん》してみて」

言われて、戸惑《とまど》いつつもロッドは意識を集中。いつものようにアビリティの情報を呼び出すと、そこに、見慣れない文章が追加されていた。

『迷宮神ラビィより力を受け継《つ》ぎました。取得スキル：《管理者の地図》《全知の眼》』

本当だ、と呟《つぶや》くも、見慣れない名に首を傾げる。

「かんりしゃのちずに、ぜんちのめ……？　なんだ、これ」

「《管理者の地図》は文字通り、ダンジョンの管理者だけが見ることの出来る地図。つまりは——五大迷宮全ての詳細《しょうさい》な構造図だ」

「え⁉　全部⁉」

慌てて、ロッドはスキルを使用してみた。

「ス、スキル発動！　《管理者の地図》！」

瞬間《しゅんかん》、低い音と共にロッドの目の前に、巨大《きょだい》な一枚の絵が浮かび上がる。

幾《いく》つもの通路が網目《あみめ》模様のように入り組んでおり、そこかしこに動く赤い光と、停止している黄色い光が点滅《てんめつ》している。更に階段を思わせる形の模様が上部と下部に一つずつ、同じく明らかに宝箱だと分かるものが複数、あちこちにあった。

「今、君が見ているのは【紅蓮の迷宮】の１階を示す地図だ。赤い点は魔物、黄色いのは罠の位置。宝箱や階段は言うまでもないよね」

「……あ、ああ」

呆気《あっけ》にとられつつも、ロッドは視線を斜《なな》め右に移した。そこには『１』という数字が表記されている。

「数字に触れてみて」

ラビィに言われた通りにロッドが指先で数字をつつくと、微かな音と共に地図の形が切

り替わった。数字も『2』に変わる。

「それは2階の構造を示したものだ。そうして99階まで全部の地図が用意してある」

「信じられない……」

こんなものがあれば、魔物に怯《おび》えることもなければ、罠を警戒《けいかい》する必要も、宝箱を探して右往左往することもない。

今までダンジョンの地図と言えば、先駆者《せんくしゃ》が開拓《かいたく》し、描《か》き起こしてきたものしかなかった。それとて今見ているものに比べれば正確さには欠ける上、購入《こうにゅう》しようとすれば、相当の金を要求される。まして魔物の動きなど分かるはずもない。

まさに人智《じんち》を超《こ》えた代物《しろもの》だった。

「……君、本当に神様だったのか」

こんなものを持っていたなど、そうとしか考えられない。

今更《いまさら》ながらにロッドが愕然《がくぜん》としていると、ラビィは不満そうに頬《ほお》を膨《ふく》らませた。

「まーだ疑ってたのか。しょうがないなあ」

「い、いや、だってそりゃ、いきなり迷宮神とか言われても……というか、失礼しました！」

今までの自分の不遜《ふそん》に過ぎる行為《こうい》を反省し、ロッドはその場に跪《ひざまず》く。

しかしラビィはひどく苦い顔をした。

「やめてよ。今更だし、そういうの苦手なんだ。それより、もう一つの力のことだけど」

「あ、ああ。《全知の眼》だっけ」

本当に、過度に敬意を払われることをあまり良く思っていないようだったので、ロッドはゆっくりと立ち上がる。

「うん。その前に、君も冒険者ならアビリティのレベルが上がるとどうなるかは知っているよね？」

「もちろん。ステータスの向上と、新しいスキルの取得だ」

「うん。で、そのスキルはどういう形で手に入る？」

「どうって……オレもレベルが上がったことはないから聞いた話でしかないけど、確か、目の前にスキルが三つ浮かび上がるんだよな」

必要な数だけソウルを消費するとレベルが1上がり、その旨《むね》の文章が目の前に浮かび上がる。

その際、向上したステータスの数値——たとえば力であれば『力＋1』と出る——と一緒《いっしょ》に、取得できるスキル名も現れるそうだ。

三つの内一つに触れると、それを自身のものに出来るという仕組みである。

「うん。だけどそこで一つの問題が浮上《ふじょう》する。三つのスキルはそれぞれ、手に入れたものによって、次に取得できるものが違ってくるんだ」

「ああ、それも聞いたな。習得したものによって、次に提示されるスキルが決まるって。なんだっけか……そうだ。そういうスキルの連続的な繋《つな》がりのことを冒険者の中じゃ『修練の道《スキル・ルート》』って呼んでるんだよな」

「そう。しかも、レベルアップした時点で分かるのは三つのスキルのみ。その先がどうなっているかは分からない。だからこそ、冒険者たちはいつも悩《なや》んでるんだ」

どのスキルを手に入れれば、一番、効率よく自分のアビリティが強くなれるのか。目の前に強いスキルがあっても、それを選ぶと次が弱くなってしまうかもしれない。だとすれば今は我慢《がまん》し、あえて違うものを手に取るべきか——。

そうした迷いは冒険者につきものだと、以前に読んだ教本にも書いてあった。だからこそ皆、先達から教えを請《こ》うたり、情報を集めたりなどして葛藤《かっとう》しながら、これぞというスキルを選ぶのだ。

「まったくもって意地悪な設定だよね。まあ、考えたのはわたしだけど」

「おい」

突《つ》っ込《こ》むと、ラビィは「てへっ」と片目を瞑った。多くの冒険者を引き返せない選択《せんたく》の岐路《きろ》に立たせている主犯であることを踏《ふ》まえると、別に可愛いとは思えない。

「まあ、嫌《いや》がらせをする為《ため》にそんなことしたわけじゃなくて、手に入れたスキルをどう使うか考えるのも鍛錬《たんれん》の一つだから、そうしたんだけどね。ただ、ロッド、君に関して言えばそんな悠長《ゆうちょう》なことは言っていられない。そうした過程をすっ飛ばしてもらう」

「……というと？」

「試《ため》しにソウルを使ってレベル2になってごらん。さっき手に入れただろう？」

ロッドは頷き、意識を集中した。保有ソウル数が現れる。予想していた通り、とんでもない数だった。武神の剣の使用によって一つ減っているはずだが、それすら気にならない程だ。レベル1から2にするには三つあれば事足りる為、特に問題はなかった。

「ええと……ソウルを使用してレベルを2に」

ロッドが告げると、間もなく、甲高《かんだか》い音が鳴り響《ひび》いた。

それに伴《ともな》い、目の前に文章が現れる。

『アビリティ【アンロック】がレベルアップしました。現在のレベルは2です』

更に向上したステータスが表示される。と言ってもアンロックに付与される数値自体は大したことがなかった。力と器用がそれぞれ＋1されただけだ。

『新たに取得するスキルを選んで下さい。《器用＋2》、《アンロック＋1》《アンロック・ドアーズ》』

続いて浮かび上がったのは、三つのスキル名だった。その下にはスキルの効果が説明されている。

器用ステータスを上げれば、鍵《かぎ》の開錠が上手くいきやすくなる。

アンロック＋1は、一日に開けられる宝箱の数が増える。

アンロック・ドアーズは、ダンジョン内における鍵のかかった扉《とびら》を、一日に一つだけ開けることが可能となる。

「レベルアップしたけど……それが？」

「そこで《全知の眼》」

ラビィに指差され、ロッドはスキルを使った。

「スキル発動。《全知の眼》！」

瞬間、ロッドの目の前でとんでもないことが起こる。

目の前に浮《う》かぶもの以外に、大量のスキル名が現れたのだ。

たとえるならば、三つのスキルを根っことし、巨大なスキルの樹木が枝葉を伸《の》ばしながら急速に育ったかのようだった。

一つ一つのスキル同士は薄《うす》い線で繋がりを持つが、ロッドが取得できるもの以外は、鍵《かぎ》穴《あな》のようなもので封《ふう》じられている。

「こ、これは……スキル・ルートの全体図!?」

「正解！　《全知の眼》はつまりダンジョンの管理人であり、神であるわたしの眼。だから普通《ふつう》の冒険者では決して視認《しにん》することができないスキル・ルートの全てを知ることが出来る！　まさに夢のような力さ！」

ラビィは声を上げながら、演技がかった仕草で両手を広げた。

「すごい……いや、すごいなんてものじゃない。常識外れもいいとこだぞ、こんなの！」

こんなものがあれば、どれを選べばどういうスキルに辿り着けるか丸分かりになってしまう。いやそれどころか、まだ見つけられていない、隠されたルートすら判明してしまう可能性すらあった。

ロッドはひとまず先を見越《みこ》した上で、開錠の選択肢《せんたくし》が増える《アンロック・ドアーズ》を入手する。

その後も興奮したままスキル・ルートの全容を眺《なが》めていたが、

「あれ……しかも、他のアビリティのスキル・ルートも確認できるのか!?」

衝撃的《しょうげきてき》なことに気付き、驚《おどろ》きのあまり声を上擦《うわず》らせた。表示されている【アンロック】のルート全体図に手で触れ、横に流すと、別のアビリティが現れたのだ。

「うん。全知の眼だからね。全てのアビリティのルートを確認できる。まあ、と言っても力を譲渡したことでスキルはロッドに適応した状態になっているから、そっちを手に入れられるわけではないんだけど」

「あ……そうなのか」

確かに【アンロック】と他のアビリティの間には、鍵穴の表示があった。先程《さきほど》の、まだ手に入れていないスキルと同様に、封じられているという意味なのだろう。

「いや、だとしても前代未聞《ぜんだいみもん》だな。他の冒険者に言っても信じてもらえない気がする」

「そうだね。《管理者の地図》も《全知の眼》も、君にしか見えない。誰かに明かしたところで、正気を疑われるだけだろうな」

ラビィの言う通りだ。当人のロッドですら、未《いま》だ現実離れし過ぎていて、まともに受け止めきれていないのだから。

「以上二つ。これがわたしに残された最後の力だ。本当はもっと便利なものもあげたいところなんだけど、ネルトガに封じられてしまったからね。そこはすまない」

「い、いやいやいや！　十分すぎるって！」

頭を下げるラビィに、ロッドが首を勢いよく振ると、ラビィはにこりと人好きする笑み《え》を浮かべた。

「それは良かった。じゃあ、役目も無事に託すことが出来たし、その為に必要なものも渡せた。ということで、わたしはこの辺りで消えるとするよ」

「え……消える⁉　死ぬ……のか⁉」

突然すぎる別れにロッドが動揺《どうよう》していると、ラビィは「うんにゃ」となんでもないことのように言う。

「言っただろ。神に死という概念はない。ただ今のわたしは最後に残された力も失って、見た目通りのか弱い女の子だ。こんな状態でネルトガから襲撃《しゅうげき》を受けたら、今度は身動き一つとれなくなるかもしれない。そうならないように、一旦《いったん》、退避《たいひ》するんだよ。他の神々が傷を癒やしているのと同じ場所にね。そこなら、ネルトガも感知は出来ない」

「あ、そ、そういうことか……」

「困ってたんだよ。ネルトガによるダンジョンの支配はそこまで迫《せま》っているというのに、わたしの力を継承《けいしょう》させるに値する人間が誰も居なくて。だけどギリギリのところでロッド、君に出逢《であ》えた。他同様、運命の神様もこの世界にはもう居ないはずだけど、それでも采配《さいはい》に感謝したいね」

「……本当に、オレでいいのかな」

新米で、戦い方すらろくに知らない冒険者だ。

そんな自分が超常の力を与《あた》えられたとは言え、果たして多くの神々と渡り合えるほどの存在に打ち克《か》つことが出来るだろうか。

「不安なのは分かる。でもきっと君なら大丈夫だ」

勇気づけるように微笑《ほほえ》んだラビィの体が、光に包まれた。

ロッドに向かって手を振りながら、彼女《かのじょ》は告げる。

「ロッド。わたしの力と君の知恵《ちえ》を使い、どうか、皆の希望の道を切り開いて欲しい――」

それが最後となった。

目の前で、ラビィの体は、幻《まぼろし》のように消え去ってしまう。

「……ラビィ……」

一人残されて、ロッドの中に、じわじわと実感が湧《わ》いてきた。

大変なことを任されてしまった、と。

しかしそれでも、臆《おく》する気持ちは不思議と湧いてこなかった。

――きっと君なら大丈夫だ
根拠がないはずのラビィの言葉が、なぜかどうしようもなく頼もしく思えた。

「……そうだよな。神様に認められたんだ。もっと自信をもとう」

やれるだけのことはやり、出来ることは全て実行すればいいだけだ。

それに、この力があればレイナとの約束を果たす為にも、大いに役立つだろう。

（一度は諦《あきら》め掛《か》けた夢だけど――また目指すことが出来る）

そのことが何よりも、嬉《うれ》しかった。

活路は、前に進む者だけに開かれる。

ラビィの言葉が蘇った。ロッドは強く拳《こぶし》を握《にぎ》りしめる。

「よし――やるぞ！」

そうして、ロッドは冒険者としての新たな一歩を、踏み出したのだった。


濃《こ》く、淀《よど》み切った闇の中でこそ、心穏《おだ》やかに過ごすことが出来る。

全てのものは無から生まれ、無に還《かえ》る。

ならば全てを包み込み隠《かく》してしまう暗黒こそが至上。

故にこそネルトガは、一切《いっさい》の光を排除した空間こそを、愛していた。

それでも一点、ぼやりとした輝《かがや》きを、許諾《きょだく》する。

現状を把握するには、仕方のないことだ。

「……やれやれ。予想外に手間取っている間に獲物《えもの》を逃《に》がした上、ずいぶんと余計な真似《まね》をされたようだ」

ネルトガは目の前で展開される、薄い光を放つ結晶版《けっしょうばん》を見つめながら、独りごちた。

結晶版はダンジョン内の全ての様子を確認できる、【管理者部屋】に備え付けられた仕《し》掛《か》けの一つだ。

そこには今、危険なダンジョンには不似合いな少女と、着慣れない装備に身を包んだ冒険者の少年が映されていた。

やがて少女の姿は掻《か》き消え、少年一人が残される。

彼《かれ》は何やら声を上げると、移動を開始した。

「……まあ、いい。丁度良い余興だ」

どの道、『本体』が復活するまでにはまだいささかの時間が必要になるのだから。

「すぐに死んでくれるなよ？　迷宮神の加護を受けた、冒険者くん」

口端を持ち上げながら、夜神ネルトガは、安らぎの闇《やみ》に身を預けた。

第二章　成長

（ロッドさん……どうしているでしょうか）

迷宮都市《めいきゅう》の一角――。

いつものように宿酒場で昼食を取りながら、レイナは考《かんが》え込んでいた。

彼が、【勇《ゆう》なる御手《みて》】の拠点《きょてん》を買い取ると宣言してから、数日が経過している。

動向を知る術がない為に、現在の状況《じょうきょう》がまるで掴《つか》めなかった。

（どうせ……ダメでしょうけど）

初めから、期待などしていない。

どだい無理な話なのだ。冒険者になって間もない人間が、三カ月以内に金貨三百を用意するなど、どう足掻《あが》いたところで実現できるわけがない。

それでもロッドの無茶な要求に応えて金額を提示したのは、彼が、持っていたからだ。

（どこまでもまっすぐで、透《す》き通った、綺麗《きれい》な――）

見ているだけで吸《す》い込まれそうで、幼い頃《ころ》から大好きだったもの。

自分の父であるライゼンと、よく似た瞳《ひとみ》を。

『なあ、レイナ。俺《おれ》はこのギルドを迷宮都市にある何処《どこ》よりも大きくしたいんだ。そうして、いずれは頼《たよ》りになる仲間達と一緒に、五大迷宮《エレメント・ダンジョン》の全てを制覇する。すごいだろ？』

ライゼンはよく、そう語っていた。子どもみたいな、無邪気《むじゃき》な夢を。

レイナは幼い頃から、それを信じていた。世界中の誰《だれ》が否定しようと、父ならばきっと叶《かな》えてみせるだろうと。

その為に、自分も大人になったら冒険者の資格をとり、父の下で力を尽《つ》くそうと誓《ちか》ったのだ。

だが――志半ばで、ライゼンは逝《い》った。

残されたのは、ろくに役にも立たないアビリティを持つ娘《むすめ》。

時が経《た》つにつれ、ギルドの仲間は、一人、また一人と居なくなっていった。

中にはそれでも所属し続けようとした者もいた。

だが、レイナから申し出て、他のギルドに移ってもらった。

父の夢を継げるのは、娘である自分だけ。しかし、その当人が【収納《ストレイジ》】などというアビリティでは、とてもではないが誰かを率いてダンジョンに挑《いど》む勇気を持てなかった。

父が居なくなると共に、レイナの夢もまた、潰《つい》えたのだ。

(そんな時に、お父さんとよく似た目をもつ彼が現れたから、つい乗ってしまったけれど……やはり、やめておけば良かったでしょうか)

どうせ無駄《むだ》に終わることを、変に希望を持たせるような真似をしてしまい、ロッドには悪いことをしてしまった。

(上手く行かなくて、落ち込んでいなければいいんですが……)

ろくに味もしないパンを食べながら、レイナがそう心配していると、

「いやしかし、傑作《けっさく》だったな、あの時の顔は」

隣《となり》の席に着いた数人の冒険者が、店員に注文を終えた後で話し始めた。

「何度見ても飽《あ》きないわよねー。信じてた先輩《せんぱい》に裏切られた時の、新米の反応は。あたし達があんなしょっぱい奴《やつ》をパーティに入れるわけないって、ちょっと考えれば分かると思うけど」

ちらりとレイナが視線をやると、全身鎧《よろい》を身に着けた男が一人と、軽装の男たちが二人。ローブを身に着けた女が一人いる。

「まあ、なにか必死だったからな。なりふり構ってられなかったってのもあるんじゃないか。それにしてもあいつ、どうしてるかな。魔物に殺されてるか、それとも飢《う》え死《じ》にしているか？　どう思うよ、フィン」

仲間らしき軽装姿の男に声をかけられた青年は、栗色《くりいろ》をしたくせっ毛気味の前髪《まえがみ》を指先でいじりながら、薄ら笑《わら》いを浮かべた。

「さあねえ。できるだけ情けなくてむごたらしく死んでると面白《おもしろ》いんだけどね」

「まだ生き延びてる可能性はないかしら？」

「それはねえよ。【紅蓮《ぐれん》の迷宮《めいきゅう》】とは言え、深い階層の魔物や罠《わな》はそれなりに凶悪《きょうあく》だぜ。新米なら、一日もてばいい方だ」

ローブの女と全身鎧の男が話していると、フィンと呼ばれた青年が店員の持って来た麦《ばく》酒《しゅ》入りの杯を傾《かたむ》けながら告げる。

「ま、退屈《たいくつ》しのぎにはなったから、少しは感謝してあげようかな。彼……名前なんだっけ？ロムル？」

「おいおい、名前くらい覚えておいてやれよ」

くつくつと下卑《げび》た笑いを漏《も》らしながら、軽装姿の男は返した。

「──ロッドだろ。【アンロック】とかいう、クソどうでもいいアビリティを持っていた奴」

思わず、レイナは椅子《いす》を倒す勢いで立ち上がる。

隣席《りんせき》のフィン達が、怪訝《けげん》な眼差《まなざ》しを送って来た。

「ロッドさんを……【紅蓮の迷宮】の深階層に？」

愕然となったままで、レイナはフィン達に近付く。

「どういうことですか。どうしてそんなことをしたんですか……？」

「なによ、あんた。誰よ？」

「答えて下さい！　早く！」

レイナがフィン達の座《すわ》っていたテーブルを強く叩《たた》くと、フィンが小首を傾げながら言った。

「君、あの子の知り合い？　まあいいか。どうしてって、面白いからだよ。ダンジョン探索してると、色々と溜《た》まるものがあるからね。適当に純朴《じゅんぼく》そうな子を捕《つか》まえて、鬱憤《うっぷん》を発散させてるんだよ」

まるで悪びれることもなく、当たり前のような顔で投げつけられた答え。

レイナは憤《いきどお》り、声を荒《あら》らげた。

「あなた達は……！」

だが、ここでフィン達に食ってかかったところで、どうにもならない。彼等の話には証《しょう》拠《こ》がない。然《しか》るべきところに訴《うった》えかけたところで、すっとぼけられたらそれまでだった。

「……すみません。お会計を。お代はここに置いておきます。ご馳走様《ちそうさま》でした」

レイナは店員に報告すると、踵を返して自分の席に戻《もど》り、テーブルに料金を置いた。

そのまま、店を出るなり、全速力で走り始める。

脳裏《のうり》にあの日会った少年の姿を思《おも》い浮かべながら、レイナは迷宮都市を駆《か》けた。

しばらくして辿り着いたのは、多くの冒険者《ぼうけんしゃ》でごった返す【紅蓮の迷宮】の入り口だ。

レイナはその場で立ち尽くし、荒い息を吐《は》き続けた。

ここに来たところで、どうなるものではないのは分かっている。

それでも、抑《おさ》え切れない衝動《しょうどう》によって、突き動かされていた。

「ロッドさん……」

屈託《くったく》ない顔を思い出して、俯《うつむ》き、唇《くちびる》を噛《か》み締《し》める。

「ロッドさん……！」

名を呼び、石畳《いしだたみ》に膝《ひざ》をついた。周りの冒険者達《たち》が見てくるが、気にする余裕《よゆう》もない。

（……私の、責任です）

ロッドは、焚《た》きつけられてしまったが故に、どうにかしてお金を稼《かせ》ごうとしたのだろう。

しかし彼の持つアビリティ故に皆《みな》に相手にされず、焦るあまり、フィン達のパーティに入ってしまったのだ。

（あの時、突き放《はな》しておけば良かった。ギルドを売ることは決定していると、そう断言して、ロッドさんを拒絶《きょぜつ》しておけば良かった）

そうすれば彼も、フィン達の罠にかかることなどなかった。

父親と同じ目をした少年を、自らの淡《あわ》い期待によって、永久に失ってしまったのだ。

「私は、なんてお詫《わ》びすれば……」

役立たずであるだけでなく、関係のない人間を巻き込んでしまった罪は、どう償《つぐな》っても償いきれなかった。

「……あの……」

レイナが絶望感のあまり両手で顔を覆《おお》っていると、声をかけられる。

だが、答える気になれなかった。道端《みちばた》で蹲《うずくま》る自分を心配してくれているのかもしれないが、お願いだから今は放っておいて欲しいと、切に願う。

「あの……すみません」

それでも声は、止《や》むことがなかった。気遣《きづか》うように、再度、呼びかけてくる。

「……大丈夫《だいじょうぶ》です。構わないで下さい」

「ですが……」

「いいんです。私なんて、人に優しくされるような資格、ありませんから……」

「……なにかあったんですか？」

躊躇うように。けれど、見捨てることは出来ないというように。

声の主は、小さく言った。

「――レイナさん」

己《おのれ》の名を呼ばれ、レイナは驚いて顔から手を放した。

視線を声のした方に送って、更に驚愕《きょうがく》し、目を見開く。

「ロッド……さん？」

間違《まちが》いない。数日前に拠点を出て行った少年が、そこに居た。

露出《ろしゅつ》した肌《はだ》や顔には幾つかの傷があるものの、ちゃんと生きている。

生きて、レイナの目の前に、片膝《かたひざ》をついていた。

「なん……で……どうして……。【紅蓮の迷宮】の深階層に落とされたって……」

「あれ、どうして知ってるんですか？　ええ、その通りです。いや、酷《ひど》い目に遭《あ》いました。

でも、どうにかこうにか戻ってこれたんですよ」

自らの失敗を照れくさそうに告げて、ロッドは不甲斐《ふがい》ないとばかりに、頭を掻く。

「でも、レイナさんはどうしてここに――」

考えを挟《はさ》む間など、なかった。

レイナは反射的にロッドに身を寄せると、彼を思い切り抱《だ》きしめる。

「レイナさん……ッ!?」

上擦った声を出して硬直《こうちょく》するロッドに、レイナは心底からの気持ちを口にした。

「良かった……無事で……！」

締め付けられそうな想いのままで、彼の体に手を回し、存在を確かめる。

「ごめんなさい、私のせいで無茶《むちゃ》をさせて。こんなことになるなんて、思ってなくて。……いえ、言い訳ですね。でも、その、本当にごめんなさい」

「あ……え、ええと。気にしないで下さい。オレが好きでやったことですから」

「ですが……！」

「オレが迂闊《うかつ》だったんですよ。早くお金を稼ぎたい一心で、良く知らない相手を信用してしまって。本当に、レイナさんのせいじゃないですから」

ロッドの言葉に、レイナは昂《たか》ぶる感情のままで、強く目を閉じた。そうしなければ、何かが決壊《けっかい》してしまいそうだったから。

「……あ……」

だがそこでレイナは、自分がやっていることに気付いた。

路上の、人目があるところで、思い切りロッドにしがみついている。

「……すみません」

急いで離《はな》れると、赤くなっているであろう頬を悟《さと》られないように、レイナは顔を背《そむ》けた。

「い、いえ。オレの身を案じてくれて、ありがとうございます」

「別に……案じたわけではありません。ただ、私の責任であなたが危ない目に遭っていたら夢見が悪いですから。それだけです」

「……。そうですか」

なぜかやや間を空けて、ロッドは答える。

レイナが少し視線をやると、彼は苦笑していた。

「なんですか。なにか言いたいことでも？」

「ああ、いえ、別に。……えと、とにかくオレは問題ありませんから。拠点で待っていて下さい。必ず期日までに、金貨三百枚を集めてみせます」

ロッドは咳払いして立ち上がると、レイナに向かって手を差し出した。

「自分で立てます。……まだ、やるつもりなんですか？　今回は運よく生還《せいかん》できましたが、また同じことが起こるとも限りませんよ」

腰《こし》を上げ、レイナが忠告すると、ロッドは胸を叩く。

「大丈夫です。なんとかなると思います」

やけに自信がありそうな口調に、レイナは眉《まゆ》を顰《ひそ》めた。

「どういうことです？　どこか有能な冒険者パーティに入ることが出来たとか？」

また騙《だま》されているのではないだろうな、という意を込めて尋《たず》ねると、ロッドは首を横に振る。

「いえ。でも、色々あって良い方法が見つかりそうなので。ただ説明すると長くなるし、レイナさんに信じてもらえるかどうか……」

「そう、ですか。まあ、いいです」

「はい。でも、約束は必ず守りますから。じゃあ、オレはまたダンジョンに潜《もぐ》りますので」

言って、再び【紅蓮の迷宮】に向かおうとするロッドの腕《うで》を、レイナは咄嗟《とっさ》に掴んだ。

「待って下さい。ロッドさん、怪我《けが》していますよ。ギルドの拠点で治療《ちりょう》します」

「いえ、平気ですよ、これくらい。いざとなればダンジョン内で手に入れた治癒《ちゆ》アイテムもありますし」

「ダメです。【紅蓮】が初心者向けとは言え、ダンジョン内では何があるか分かりません。いいから、来て下さい」

有無《うむ》を言わせぬ口調で、レイナはロッドを引っ張って歩き始めた。

「……これくらい、させて下さい。あなたは、【勇なる御手】の為に行動しているんですから」

ぼそり、と呟くと、ロッドは沈黙《ちんもく》した。

だがやがて、彼は答える。

「分かりました。じゃあ、お邪魔《じゃま》しますね」

前を向いているレイナに、ロッドの顔は見えない。

それなのに、なぜだろうか。

彼が、笑っているように思えた。


「……はい、これでいいです」

レイナと思わぬ再会を果たして、しばらくの後。

ロッドは【勇なる御手】の拠点で、彼女による治療を受け終わった。

「ありがとうございます。痛みが大分楽になりました」

包帯の巻かれた腕を上げて、ロッドが口元を緩《ゆる》めると、レイナは頷《うなず》く。

「父の残してくれた軟膏《なんこう》を塗《ぬ》りました。それなりに貴重なアイテムだそうですから、明日には傷が痕《あと》もなく消えていると思います。ポーションを飲んでもいいですが、あれは体力と疲労感《ひろうかん》の回復が主ですから。外傷にはこちらの方が向いています」

「なるほど。さすがライゼンさんの娘さんですね。知識も豊富だ」

「それほど大したものでもありませんが。……確かに、父や他の冒険者の方々には、色々と教わりました」

　昔を懐《なつ》かしむようにして、レイナはギルド拠点を見回した。

「私が冒険者になり立ての頃から支援《しえん》して頂き、本当に感謝しています」

「……そうですか。それだけに、皆いなくなって残念ですね」

「仕方ありません。彼らには彼らの生活があります。先のないギルドに居て欲《ほ》しいなどという我侭《わがまま》は言えませんから」

　ため息をつき、自らの手元を見つめるレイナ。

　その姿に、幾許《いくばく》かの名残《なごり》惜しさのようなものを感じ、ロッドは気になって尋ねた。

「……あの。【勇なる御手】から冒険者たちが居なくなったのは、いつ頃《ごろ》なんですか？」

「そうですね。確か、二、三カ月ほど前のことでしょうか」

「なるほど。でも、すぐに拠点を売ろうとは、思わなかったんですね」

「……え？」

　思ってもみないことを訊《き》かれたというように首を傾《かし》げるレイナに、ロッドは慌《あわ》てて続けた。

「ああ、いや、早く売れば良かったのにとか、そういうことではなくて。居続けようとしてくれた方に無理を言って他へ移ってもらったのに、オレが来るまで拠点は残していたんだなって」

なにか理由でもあったのだろうかと、そこが引っかかったのだ。

「ああ……そうですね。特にこれといった理由はありませんが、強《し》いて言えば、未練なのかもしれません」

「未練、ですか？」

レイナの言葉を繰《く》り返して問うたロッドに頷き、彼女は再び、ギルドの拠点内《きょてんない》を仰《あお》ぐ。

「私の父、ライゼンは【勇なる御手】を迷宮都市の中で一番大きなギルドにし、五大迷宮を完全制覇《せいは》するのが夢でした。……そして、その目標は、母もまた同じだったんです」

「お母さん、ですか」

「はい。母もまた、父と同じく冒険者でした。両親は最初にパーティを組んだ縁《えん》で結婚《けっこん》したそうです」

そういった冒険者達は少なくないと、ロッドも聞いたことがあった。生死を共に分かち合う関係は、絆《きずな》をより強めることがあるということだろう。

「ですが……母は私を産んで少しして、冒険者に復帰してから、ある重い病に侵《おか》されました。ただ私や父を心配させないようにそのことを隠しており、ある日、突然《とつぜん》に倒《たお》れたんです。医院に担《かつ》ぎ込まれた時、既《すで》に意識はなく……そのまま亡《な》くなりました」

「……そう、だったんですか」

志半ばでこの世を去るかもしれないという恐怖《きょうふ》、苦悩《くのう》、後悔《こうかい》は、ロッドにも理解できた。

少し前の自分が、正にそうだったのだから。

「父は、母の意志まで無かったことにしないと、一層、懸命《けんめい》に目指すべきものに向かって突き進《すす》んでいました。ですがその父もまた、逝ってしまった。私は、受け継《つ》ぎたかったんです。父や、母の遺《のこ》した、どこまでも高くて、何よりも大きな夢を」

そこでレイナは、自嘲《じちょう》気味に、口元をわずか吊《つ》り上げた。

「諦めきれなかったんです。このギルドを失うということを。だからこそ冒険者達が居なくなった後も、つい、終わりを先延ばしにしていたのでしょう。……そんなことをしても、無駄なのに」

レイナの顔に浮かんでいるのは、悲しみでも、怒《いか》りでもなかった。

ただ無力な自分に対する、途方《とほう》もない諦め。

父にも、母にもなれなかったことへの、落胆《らくたん》だった。

だからこそ、だろう。

ロッドはつい、言っていた。

「無駄じゃ、ないですよ」

「……え？」

「オレが無駄には、させません。そんな話を聞いたら、余計に闘志《とうし》が燃えてきました。オレが来るまでギルドを売らずに良かったと、レイナさんに言わせてみせます」

固い決意のまま、ロッドは立ち上がり、レイナを真《ま》っ直《す》ぐ見つめる。

「待っていて下さい。必ず、レイナさんの提示した金額を集めてみせます」

「ロッドさん……」

呆然《ぼうぜん》とした表情を見せていたレイナは、しかしそこで、目を伏《ふ》せる。

何かを迷うような時を置き、彼女は再び、ロッドと視線を交《か》わした。

「……あの、ロッドさん。あの時はつい、無茶な要求をしてしまいましたが、あなたにならそんなことをしなくても、このギルドを――」

「ダメですよ。金貨三百枚は必ず集めます」

レイナの言わんとすることを察し、ロッドは首を横に振《ふ》る。

「それくらいのことをしないと、ライゼンさんの夢を継いでこのギルドをやっていくことなんて、出来そうもないですから。達成してみますよ」

「……ロッドさん……でも、それなら私も――」

なにかを言いかけて、しかし、レイナは口をつぐんだ。

辛《つら》そうな表情で、黙《だま》り込《こ》む。

(一緒《いっしょ》に行くって、言ってくれるつもりだったのかな)

レイナの気持ちを、ロッドは察した。

(でも……オレにはまだ、力が足りない)

【収納】というアビリティを持つレイナは、戦闘《せんとう》向きではない。共に階層を探索《たんさく》する際、何かあった時に彼女を守ることが出来るという自信を、今の己が持つことは出来なかった。

(うん。そうだ。目標を達成したその時、改めて彼女を誘《さそ》おう)

ロッドはそう、密《ひそ》かに決断する。

その時、再びレイナが告げて来た。

「……分かりました。では、私もその為《ため》に協力します。この拠点にある空いた部屋を使って下さい。宿代が浮くでしょう」

「いいんですか⁉　助かります！」

喜んで提案に乗ることにし、ロッドはレイナの手を握る。

「レイナさんの期待に、絶対応えてみせますから！」

力強く言ったロッドに対して、レイナは嬉しいような、寂《さび》しいような、複雑そうな表情を浮かべて呟《つぶや》いた。

「……本当に、同じ目をしているんですから」

——走る。

『アビリティ【アンロック】がレベルアップしました』

走る。走る。走る。走る。走る。走る。

鍵《かぎ》を開ける。鍵を開ける。鍵を開ける。鍵を開ける。鍵を開ける。

ロッドはレイナの計らいで【勇なる御手】のギルド拠点で暮らし始めて以来、ずっとそれだけを繰り返し続けた。

〈武神《ぶじん》の剣《けん》〉が入っていた宝箱を開けたことにより取得したソウルを使い、アビリティは一気に成長したものの、それでもまだ足りない。更《さら》にソウルを入手するべく、ほぼ休むことなく地上に引き返してはまた戻り、迷宮内を巡《めぐ》っていく。

その間に【管理者の地図】を見ながら鍵付きの宝箱を、あるいは扉《とびら》を探してひたすらに巡っていった。

『アビリティ【アンロック】がレベルアップしました』

『アビリティ【アンロック】がレベルアップしました』

『アビリティ【アンロック】がレベルアップしました』

『レベルアップしました』『レベルアップしました』『レベルアップしました』『レベルアップしました』『レベルアップしました』『レベルアップしました』『レベルアップしました』『レベルアップしました』『レベルアップしました』『レベルアップしました』『レベルアップしました』『レベルアップしました』『レベルアップしました』『レベルアップしました』。

その度に文章が現れ、ロッドは強くなっていった。

同時にアイテムを手に入れ、地上に帰還《きかん》しては店で売り払《はら》い、換金《かんきん》していく。

今までとは比べ物にならないほどの速度で、得られる金は増えていった。

しかし、それでもまだ、目標の金貨三百枚には遠い。

そして――。

「……確か、地図によればこの辺りに部屋があったよな……」

ラビィと別れてから、一カ月ほどが経過した頃。

ロッドは呟きながら、ただの石壁《いしかべ》と向かい合っていた。

拳を振り上げ、軽く叩く。一見すれば意味のない行為《こうい》だろうが――鈍《にぶ》い音と共に壁《かべ》の一部が震動《しんどう》し、隠された物を明らかにした。

まるで塗り固《かた》められたものが剥《は》がれ落ちたかのように、扉が姿を見せる。

「よし。さすが《管理者の地図》は正確だな」

ラビィから力を受け継いでから大分と経ったが、それでも未だに感心する。宝や階段、魔物《まもの》に罠だけでなく、隠された部屋の扉ですら表記されているのだから、便利極《きわ》まりない代物《しろもの》だ。

「中には鍵付きの宝箱があったはず――」

言いながら扉のノブを握り、開けた途端《とたん》、ロッドは後ろに跳《と》び退《すさ》った。

途端、振り払われた鋭《するど》い刃《やいば》が頑強《がんきょう》な壁に食《く》い込んだ。

隠し部屋の内部から姿を見せたのは、蟷螂《かまきり》に似た魔物だ。

ブレイドマンティスと呼ばれており、【紅蓮の迷宮】の16階以降に現れる。

左右から手の代わりに生えた鋭い二つの刃は、鋼の鎧すら切り裂《さ》いてしまう凶悪さをもっていた。

「出たな。お前が待ち受けているのは知っていた」

ロッドは身構えて、腰から〈武神の剣〉を抜《ぬ》く。

「行くぞ、相棒！」

ブレイドマンティスが不快さを伴《ともな》う鳴き声を上げ、体に生えた薄羽《うすば》を羽ばたかせた。

かと思うと刹那《せつな》でロッドの目の前まで迫り、両手の刃を交差させる。

しかし既にロッドの姿はそこにはない。

素早《すばや》く相手の右に回り込むと同時、手に持つ得物を横薙《よこな》ぎに振るった。

長い胴体《どうたい》が一閃《いっせん》され、紫色《むらさきいろ》の血を噴《ふ》き出す。

絶叫《ぜっきょう》したブレイドマンティスは、それでも機敏《きびん》な動きでロッドに向き直ると、二本の刃を立て続けに振り下ろす。

あまりに速過ぎる連撃は残像を刻み、視認《しにん》することすら不可能だ。

「〈武神の剣〉覚醒《かくせい》！」

刹那、金属音が鳴り響《ひび》いた。

ブレイドマンティスの黄色い目が、驚愕の色に染まる。

その瞳には恐《おそ》らく、宙を踊《おど》る己の二本の腕が映っているに違《ちが》いない。

ロッドが全ての攻撃《こうげき》を跳《は》ね除《よ》けた上、腕を纏《まと》めて斬《き》り飛ばしたのだ。

足を踏《ふ》み込み、剣を突《つ》き出す。

切っ先がブレイドマンティスの胴体を貫《つらぬ》き、そのまま背後の壁に刺《さ》さった。

断末魔《だんまつま》の叫びを上げる間すらなく、相手の体から力が抜けて、絶命する。

「……よし」

ロッドは剣を抜くと、鞄《かばん》から布を取り出して、刃にべっとりとついた魔物の血を拭《ふ》きとった。

武神の剣を使ったことへの反動は、もうほとんどない。

一カ月という短い間ではあるが、その間に数えきれないほどの魔物と対峙《たいじ》してきた。ソウルを消費する為、武神の剣をいつも使っていたわけではないが、それでも知らずして体が鍛《きた》えられてきたのだろう。

アビリティがレベルアップし、以前に比べるとステータスの数値が上がったことも影響《えいきょう》しているはずだった。

いかに【アンロック】のステータス上昇値《じょうしょうち》が他に比べて低いといっても、ロッドの現在のレベルは49だ。ここまで来れば、ある程度は戦えるようになる。

当初は武神の剣に振り回されているといった方が正しかったが、今はまさに一心同体といって良いやり方が可能になった。

「しかし……こいつも他のブレイドマンティスとは違ってたな」

ロッドは剣を鞘《さや》に仕舞《しま》いながら、床《ゆか》に転がっている死体を見つめ、呟いた。

ブレイドマンティスとは何度も戦ったが、先程《さきほど》のような速度を持つような相手ではなかった。今回だけでなく、数日前から、同じ魔物でも全く異なる強さを持つ奴が増えてきている。恐らくは、ネルトガがダンジョン内の魔物を改造し始めたのだろう。

冒険者の間でも、【紅蓮の迷宮】を始めとする各ダンジョンの難易度がここ最近で妙《みょう》に上がったと話題になっていた。

（ラビィの言う通り、レベルの高い冒険者なら対処できない程《ほど》ではないみたいだけど……）

それでも長く放置して良い問題ではないのは確かだ。

「その為にも、資金を貯めることと並行《へいこう》して、アビリティのレベル上げをしないとな」

ロッド自身が強くならなければ、両方とも達成できないのだから。

ロッドはブレイドマンティスの体を乗り越《こ》えると、改めて隠し部屋に入った。

狭《せま》い室内に鎮座《ちんざ》している宝箱の鍵を【アンロック】のスキルで開ける。

無事に判定が成功し、中身を手に入れた。小さな瓶《びん》に、鮮《あざ》やかなまでの蒼《あお》い液体がたっぷりと入っている。『フル・エリアポーション』という、飲んだ者と周囲の人間の傷を瞬《しゅん》時《じ》に回復するという稀少道具《レア・アイテム》だ。売ればかなりの額になる。

また、アイテムを鞄に入れていると、空中に小さな結晶体《けっしょうたい》が幾《いく》つも現れる。ソウルだ。

ロッドは掴み取って自分の胸元《むなもと》に当て、吸収させると同時に言った。

「ソウルを使用して、レベルアップする！」

ダンジョン内に甲高《かんだか》い音が鳴り響き、文章が浮《う》かび上がる。

『アビリティ【アンロック】がレベルアップしました。現在のレベルは50です』

ようやくだ、とロッドは安堵《あんど》の息をつく。

【アンロック】の場合、鍵付きの扉を開けることでソウルを一つ入手することが可能となり、宝箱は等級によって数が上昇していく。最低の『銅』から『鋼』まではそこまで入手数に違いがあるわけではないが、『銀』辺りから一気に桁《けた》が上がっていく。

更にレベルが高くなるごとに次に必要とされるソウル量が増えていく仕様になっていた。

つまり手っ取り早くレベルを上げるには、ひたすらに等級が高い宝箱を開け続けるのが一番だが――世の中そう上手《うま》くは出来ていない。等級が高くなればなるほど、開錠《アンロック》が成功する確率が低くなってしまうのだ。

よってロッドは《管理者の地図》を使って、最初はスキルが通じやすい『銅』、『鉄』、『鋼』の低級の宝箱を、ある程度のレベルが上がりステータスの器用が高まった時点で『銀』辺りを中心にして狙《ねら》うようにした。そうして効率よくアビリティを成長させ続け、ようやく50まで辿《たど》り着いたのだ。

「これで……あのスキルを手に入れることが出来る」

同時に、【全知の眼】によってスキル・ルートを厳選したおかげでもある。

本来であれば、もっと時間がかかっていただろう。

「……よし。出たぞ」

三つ並んだスキルの内、ロッドは、迷わずに真ん中を選ぶ。

『《真開錠》《ハイ・アンロック》を取得しました。効果：鍵のかかったあらゆる物を無制限に解放することが可能となり、必ず成功する。ただし使用した対象が宝箱の場合、等級が『銀』以上はソウルを消費。要求されるソウルの量は、中身の稀少度《きしようど》に依存《いそん》する』

ロッドはスキルの説明を見て、喜びに拳《こぶし》を強く握《にぎ》りしめた。

「やった。これで回数を気にすることなくレベルを上げられるぞ！」

これまで開錠の限界数が定められていた為、そこに到達《とうたつ》すると、日を改めてダンジョンに挑むしかなかった。

レベルアップするごとに開錠できる数や成功率は増えていったが、それでも、まだ余力があるのに帰還しなければならないことに、歯痒《はがゆ》さを感じていたのだ。

しかし《ハイ・アンロック》さえあればそんな心配をする必要はもうない。

武神の剣の扱《あつか》いにも慣れたことであるし、これからは好きなだけ、目標目指して打ち込めるというわけだった。

「……しかし、だとしてもまだ問題はあるんだよな」

ロッドは《全知の眼》によってスキル・ルートの全体図を呼び出しながら、腕を組んだ。

そこにはアンロックに関する様々なスキルが並んでいる。

しかし、当然だがいずれも『鍵を開ける』ということに特化したものだ。

鍵を開けられる種類や数が増えたり、もしくはその成功率を上げたりすることは出来る。

だが、言ってしまえばそれだけ。

アンロックはやはり補助的なアビリティでしかなく、戦闘向きのスキルはほとんどなかった。それでも武神の剣がある為に今までやってこられたが——これからもそうであるとは限らない。

実際、ロッドが今居るのは21階だが、ネルトガの操作があることを踏まえても、1階とは比べ物にならないほどに魔物も罠も強くなっていた。

また、五大迷宮にはいずれも10階ごとに『門番』と呼ばれるひと際強力な魔物が階段の前に陣取《じんど》っていて、倒さなければ先に進めないようになっている。

門番は一度倒《たお》されてもまた復活し、特に【紅蓮の迷宮】の30階にいる門番は、新米冒険者にとって『第一の壁』と言われていた。

10階や20階の門番とは比べ物にならない力を誇《ほこ》り、新米が如何《いか》にパーティを組もうとも、初戦では返り討《う》ちに遭う者がほとんどだからだ。

レベルの高い冒険者と組めば先に進めるが、その場合、一つの問題が浮上《ふじょう》する。

【紅蓮の迷宮】の30階を突破《とっぱ》し、門番の魔物の素材を持ち帰った者は冒険者協会から『C

級』の称号《しょうごう》が授与《じゅよ》されることになっていた。

ただしその条件は『全員がD級以下のパーティで門番を討伐《とうばつ》する』というもの。

実力者の手を借りると、C級に昇格《しょうかく》できないのだ。

加えて上から二番目に難易度の高い【蒼煉《そうれん》の迷宮《めいきゅう》】に挑《いど》むには、C級以上の称号かつ【紅蓮の迷宮】の最下層に居る門番を打ち倒す必要があった。入り口の前には協会から派遣《はけん》された警備兵が居て、資格証を提示しなければ入ることすら許されない。

たとえD級冒険者が【紅蓮の迷宮】を高レベルの冒険者による協力で完全攻略《こうりゃく》しても、30階の門番を自力で倒していなければ、【蒼煉の迷宮】には挑めないということだ。

今後も冒険者稼業《かぎょう》を生業にしたければ、嫌《いや》でも自分と同じ力を持つ者だけで30階の門番を倒さなければならない。

『壁』に挑む際には協会へ事前申請《しんせい》し、パーティを登録する必要があるため、誤魔化《ごまか》しも効かなかった。

協会としては『その程度の実力すらない者が、より難易度の高いダンジョンに挑むのは危険に過ぎる』という理由からの規定であるらしい。

尤な話である為、30階に挑む冒険者を陰《かげ》で手伝おうとする先達者はほとんどいなかった。

そんなことをしても後々の為にならないと、皆、理解しているからだ。

（パーティを組んで、戦闘は他の冒険者に任せればいいんだろうけど……）

アンロックのアビリティを持つロッドと一緒にダンジョン探索をしてくれる相手がどれほどいるのか、分かったものではない。

脳裏には未《いま》だに、皆に断られ続けた過去がちらついていることもあり、あの頃《ころ》とは比べ物にならないほどに戦えるようになった今ですら、声をかけるのには躊躇《ためら》いがあった。

その為に、一カ月、ロッドはたった独りでダンジョンに潜り続けていたのだ。

（話に聞いたけど……今SS級やS級の称号を持っている冒険者ですら、30階を突破するのには資格をとってから数えて、三カ月以上はかかることが多いらしい）

それほどまでに、新米にとって『壁』は高いのだ。

（でも、レイナさんとの約束期限まであと二カ月。そこまで時間をかけている暇《ひま》はない。かと言って、後10階分程度の宝箱で金貨三百に届くかどうかは、微妙《びみょう》なところだ）

今、ロッドが持っているのは金貨百五十枚。

冒険者協会に訊いたところ、五大迷宮内の宝箱は魔物や門番同様、一定期間を経れば中身が復活する仕様になっているとのことだった。しかし、等級が高ければ高いほど復活に時間がかかり、場合によっては数カ月といったこともあるようだ。

残り半分の金貨を得るのに、時間が足りなくなる可能性は高い。

（30階より下に進みたいし、場合によっては【蒼煉の迷宮】にも挑みたい。どうにか……ラビィから受け継いだ力を使って、オレ自身が飛び抜けて強くなる方法はないか？）

スキル・ルートの全体図を観察しながら、ロッドは打開策を考える。

直接的な方法は、《ハイ・アンロック》以外に使えそうなスキルを取得することだ。【アンロック】が覚えるスキルの中では唯一《ゆいいつ》と言っていい、戦闘向きの《ステータス・アンロック》の存在がある。

これは『一時的にステータスの限界を一つ開錠し、最高値まで上昇させる』というものだ。要は短い間だけ、アンロックのアビリティでありながら力を+99まで上げる、などということが出来る。

このスキルがあれば、補助アビリティ持ちのロッドですら、高レベルの剣士《ソードマン》や戦士《ウォリアー》のような戦い方を実現することが可能だった。

ただ問題は、手に入れる為にはかなりのレベルを上げなければならないということだ。

《ハイ・アンロック》があったとしても、かなりの時間を必要とするだろう。

（それに《ステータス・アンロック》が出来るのは一度に一つだけ、しかも使うとしばらくの間は発動出来なくなる）

正に形勢逆転の切り札というわけだ。強力ではあるものの、頻繁《ひんぱん》に使えるわけではない。

（これともう一つ、何か役立ちそうなものがあれば……）

唸《うな》りながら、ロッドは何度も見たスキル・ルートを、それでも嘗《な》めるように眺《なが》め続けた。

「……。いや、待てよ」

と、そこで、あることに気付く。

《ステータス・アンロック》の説明文だ。

「ステータスの限界を一つ開錠する……？」

次いでロッドは、先程手に入れた《ハイ・アンロック》のスキル効果を再び見た。

『あらゆる鍵を無制限に開錠することが出来る』

あらゆる鍵を。無制限に。開錠。

「……まさか。……いや、でも……」

改めてスキル・ルートの全体図と向き直る。

ロッドによって開かれたスキルと、そうでないスキル。

あるいは、封印《ふういん》によって隔《へだ》てられたアビリティとアビリティの『壁』――。

「これは……」

あるいは、いけるかもしれない。

「試《ため》してみる価値は、あるか⁉」

天恵《てんけい》のように閃《ひらめ》いた案に、ロッドは意気込《いきご》んだ。

「《ハイ・アンロック》！」

即座《そくざ》にスキルを発動すると、目の前に結晶《けっしょう》を思わせる素材で出来た鍵が出現した。

ロッドは鍵を手に取ると、大きく息を吸《す》い込む。

（頼《たの》む、上手くいってくれ……！）

緊張《きんちょう》のあまり、心臓が爆発《ばくはつ》するような勢いで拍動する。

己を落ち着かせるように何度も深呼吸をし、やがてロッドは、強く祈《いの》る気持ちで唱えた。

「スキルを《全知の眼》に使用。アビリティ【アンロック】の《ステータス・アンロック》を――開錠する！」

場に、静寂《せいじゃく》が満ちる。

（ハイ・アンロックの適用範囲《はんい》が『あらゆる鍵』であるなら、《全知の眼》によるスキル・ルート全体図にある封印にも通じる可能性はある……！）

鍵穴《かぎあな》の印がついているところからの着想。強引《ごういん》な解釈《かいしゃく》と言えば、強引な解釈だ。

しかし『迷宮神《めいきゅうしん》の力をもつ冒険者《ぼうけんしゃ》』自体が、本来であれば、ありえない存在なのだ。

ならば組み合わせ次第《しだい》では、思ってもみない効果が発揮されるかもしれなかった。

そして――。

『《ハイ・アンロック》のスキルを使用――』

ロッドの未来を祝福するような、甲高い音が鳴った。

『《ステータス・アンロック》のスキルを開錠します』

「やっ――」

素っ気無い返事にそれでもロッドは興奮して、その場で高々と跳び上がる。

「やったあああああああああああああっ！」

成功した。ルートの過程を飛び越えて、遥《はる》か上位に位置するスキルの封印を解いたのだ。

「よしっ！　これが上手くいくなら！　他の方法だって実現するかもしれない！」

早速《さっそく》やってみるべきだと、ロッドは再び《ハイ・アンロック》を使おうとしたが、

『開錠失敗。《ステータス・アンロック》のスキルを入手出来ませんでした』

現れた文章に、目を見開く。ぬか喜びだったかと焦《あせ》ったが、すぐに違うと気付いた。

『消費ソウルの不足。現在の保有ソウルは１５００。《ステータス・アンロック》の開錠には２３００のソウルが必要です』

ああ、そうか、と自分の迂闊さにロッドは苦笑いする。

《ハイ・アンロック》は、無制限にどんな鍵も開けられるが、使う対象が珍《めずら》しいもの、特別なものである場合、成功にはソウルが要求されるのだ。

《ステータス・アンロック》は【アンロック】の上位スキルである為、その範疇《はんちゅう》に入るのだろう。

（しかし、２３００か。結構いるんだな）

恐らくはスキルが上位――便利で強くあればあるほど、要求されるソウルの量も多くなっていく仕様なのだろう。

（でも、スキルの適用自体は上手くいくと分かったんだ。なら、必要なソウルを集めるだけだ！）

光明が見えたのだ。ならば、後は邁進《まいしん》するのみ。

「もう恐《こわ》いものなんてない。30階目指して……行くぞ！」

ロッドはダンジョン内に響くほどの声を上げると、意気揚々《いきようよう》と下層へと向かうのだった。

新たな境地を発見したことにより探索へ夢中になってしまい、その日ロッドが【勇なる御手】の拠点《きょてん》に帰って来たのは、随分《ずいぶん》と夜遅《よるおそ》くになってからだった。

「……ただいま」

返る言葉がないことを承知で、ロッドは【勇なる御手】拠点の扉を開けて告げる。

だが、

「お帰りなさい。……最近、あまり怪我をしなくなりましたね」

入り口から見えるホールで、椅子《いす》に腰かけていたレイナが、ロッドの姿を見て頷く。

「わっ、レイナさん？　え、ええ、大分戦いに慣れてきました」

「それはなによりです。ただ、くれぐれも油断しないようにして下さいね」

「はい、ありがとうございます。……ところで、まだ起きていたんですか？　もうレイナさんは寝《ね》ている頃だと思っていたんですが」

首を傾げたロッドに、レイナは静かに立ち上がった。

「いえ別に。なんとなく眠《ねむ》れなかっただけです」

「そう、ですか。……それにしてもお腹《なか》減ったな」

ロッドがダンジョンから出た頃には既に深夜になっており、どの店も閉まっていた。

その為、空っぽの胃が食事を要求するのに耐《た》えながら、拠点に辿り着いたのだ。

「少し、待っていて下さい」

言ってレイナは、ホールを出て行った。なんだろう、と思いながらロッドが近くにあった椅子に腰《こし》かけていると、しばらくして彼女《かのじょ》は戻《もど》って来る。

「大したものはありませんが」

そう前置きして、ロッドが居るテーブルに置かれたのは、様々な料理だった。

黒パンに、野菜の入ったスープ。それにチーズと、香辛料《こうしんりょう》を振り掛《か》けた豚肉《ぶたにく》だ。

「これ……どうしたんですか？」

驚《おどろ》いて尋ねると、レイナは少し視線を逸《そ》らしながら、ロッドの真向かいに座《すわ》った。

「帰りが遅《おそ》いので、念《ねん》の為に用意していただけです」

「え……オレの為に作ってくれたんですか⁉」

拠点への帰還がこれほど遅くなることはあまりない為、ロッドは普段《ふだん》、ダンジョンからの帰路で適当に食事を済ませていた。よって、このような状況《じょうきょう》になるのは初めてだ。

思わぬ展開に、嬉《うれ》しさがこみ上げてくる。

「た、単なる、夕食の余りです。味は保証しませんよ」

「ありがとうございます。いただきます！」

空腹が限界を迎《むか》えていたロッドは、匙《さじ》をとってスープを掬《すく》い、一口飲んだ。

野菜はとろとろになっており、更にスープ自体にも塩以外の、なにか深いコクがあった。

見ればわずかだが、牛肉の端《はし》きれが浮かんでいる。

「……これ、もしかして牛の骨とかで味とりました？」

「よく分かりましたね。そうです」

やはりか、とロッドは納得《なっとく》した。以前、どこかの店で食べたスープと味が似ている気がしたのだ。そこでは、牛の骨と野菜を一緒に入れて長時間煮込《にこ》み続けていた。

「かなりの手間だったんじゃないですか。料理、好きなんですか？」

　パンやチーズは市販《しはん》されているものだが、豚肉は焼き加減が絶妙《ぜつみょう》で、香辛料の配合も完《かん》璧《ぺき》だ。

「父が生きていた頃は、ギルドの皆《みな》によく振る舞《ま》っていましたから。それくらいしか、役に立てませんでしたし」

「なるほど。でも、それくらいなんてものじゃありませんよ。滅茶苦茶《めちゃくちゃ》美味《おい》しいです！」

「……お世辞は止めて下さい」

「お世辞じゃありませんよ！　それは評価したオレに失礼です！　本当に美味しいと思ったから言ったんです！」

　力説するロッドを、レイナは少し圧倒《あっとう》されたような表情で見返してくる。

「そうですか。ありがとう、ございます」

　やがて呟くように言うと、彼女はほんのわずかに口元を緩めた。

「誰《だれ》かに料理を出したのは、久《ひさ》し振《ぶ》りです。頑張《がんば》った甲斐《かい》がありました」

「え。じゃあやっぱり、オレの為に用意してくれたんですか⁉」

　レイナがぽろっと漏《も》らした言葉にロッドが喜ぶと、彼女は慌てたように顔を背《そむ》ける。

「ち、違います。自分の為に頑張ったという意味です。……まあ、あなたは【勇なる御手】の為に働いているわけですから。これくらいはやらせて頂きますよ」

「感謝します。いや、それにしても美味しいな」

つい、顔が綻《ほころ》んでしまうのを止められなかった。ロッドは瞬《また》く間《ま》に、全ての料理をたいらげる。

「ご馳走様《ちそうさま》でした。ダンジョン探索の疲《つか》れなんて吹《ふ》き飛んでしまいますよ」

「それはなによりです。……ところで気になっていたのですが、ロッドさんはどなたかとパーティを組んでいるんですよね。どのような方なんですか？」

空いた食器を片付けながらレイナが尋《たず》ねてくるのに、ロッドは首を横に振った。

「いえ。一人でやってますけど」

「……は？　一人で？」

重ねた食器を台所までもっていこうとしていたレイナは、そこで足を止める。

「嘘《うそ》、ですよね。さすがに」

「いや本当です。その、前にパーティを断られ続けたせいで、どうも他の人に声をかけるのに躊躇いがありまして」

「なにを考えているんですか！　危険です！」

振り返り様、珍しく血相を変えたレイナに、ロッドは焦って返した。

「い、いえ！　違うんです！　ちょっと方法を思いつきまして！　今のところは問題ありませんので！」

「方法？　【紅蓮の迷宮】とは言え、一人でダンジョンに潜《もぐ》って無事に済むような方法が？

そういえば、以前にも似たようなことを言っていましたが。どんなものですか？」

「えーと……それを話すと長くなるし、自分で言うのもなんですが、かなり荒唐無稽《こうとうむけい》なことではあるので、信じて頂けるかどうか」

躊躇うロッドに、レイナは少し沈黙《ちんもく》し、やがて「待っていて下さい」と言い残して台所へ消えていった。

間もなく帰ってきた彼女は、再びロッドの真向かいに腰かけて、静かに告げてくる。

「聞かせて下さい。……お願いします」

その、真剣《しんけん》な眼差《まなざ》しに、ロッドは少し圧《お》された。

しかしレイナの本気の態度に、間もなく頷《うなず》く。

「分かりました。レイナさんには、知って頂いた方が良いと思いますし」

深呼吸し、ロッドはゆっくりと語り始めた。

フィンによって最下層に落とされた後、ラビィと出会ったこと。

彼女から受け継いだ力と、夜神《やしん》ネルトガの話。

それを利用した、異端《いたん》なスキルの使い方に至るまでの、全てを。

「……と、いうわけでして。迷宮神の力を授《さず》かったのに加え、《ハイ・アンロック》の転用でルートをすっ飛ばして、ずっと先のスキルを手に入れることが出来るようになったというわけです」

ロッドが語り終えた後、レイナから返って来た反応は、淡白《たんぱく》なものだった。

「……はあ」

なんとも言えない、というような顔を見せている。

彼女は、ロッドが最下層に落とされた後、生死を彷徨《さまよ》っていたところ辺りまでは心配そうながらも真面目に聞いていたが、ラビィが出て来た辺りで急に顔を曇《くも》らせ始めたのだ。

「あの……一つ質問しても良いでしょうか」

少しの間を空けた後で、レイナは手を上げる。

「ええ。いいですよ」

「……私を担《かつ》いでます？」

「言われると思ってました。担いでません」

「で、ですが、そんなないきなり迷宮神だの夜神だのと言われましても。それにスキル・ルートの過程を省略して上位スキルを取得するなんて、にわかには……」

「信じ難《にく》い話ですよね。オレがレイナさんだったとしても、そう思います。だけど本当なんですよ。証明のしようもありませんが」

《管理者の地図》も《全知の眼》も、全てロッドにしか認知《にんち》できないものだ。

だからこそ、他人に理解させるのは難しかった。

「……。ですが……」

と、そこで、沈黙していたレイナが再び口を開く。

「逆を言えば、あなたが新米の身で【紅蓮の迷宮】の最下層まで落とされ、生きて帰って来たという事実は、神様の加護でもなければ納得がいきません」

「……信じてくれるんですか⁉」

「ええ。それに……その。ロッドさん、あなたは誠実な方です」

こほん、と咳払《せきばら》いし、レイナは照れくさそうに、頬《ほお》をわずかに朱《しゅ》に染めながら言った。

「本来であればこの拠点が他の人の手に渡《わた》ろうが、渡るまいが、あなたにとっては関係のないこと。なのにあなたは、父の為、ギルドの為に奔走《ほんそう》してお金を集めてくれている。そんな人が、嘘をつくとは思えませんから。あなたを、信じます」

「レイナさん！　ありがとうございます！」

まさかこんな簡単に受け入れてもらえるとは思っておらず、ロッドは喜びのあまりレイナの手をとった。

「い、いえ。しかし……まさか方法というのが、そのような前代未聞《ぜんだいみもん》なものだとは。神様、から受け取った稀少な武器も合わせると、一人で探索しているのも頷けますが」

「ええ。加えて《ハイ・アンロック》に関してもう一つ試したいことがありまして、今はその為にとにかくソウルを集めている最中です。上手くいけば、30階の門番も倒《たお》せるはずです」

「30階、ですか。懐《なつ》かしいですね。父も随分と苦労したそうです。確か倒すまでに、二カ月半はかかったとか」

「それでも、冒険者の間では最速記録ですね。さすがライゼンさんです」

同じSS級保持者の中でも、実力は群を抜いているということだろう。

「オレも頑張らないとな……なるべく早く達成してみせます」

「ええ。ですが、くれぐれも無茶《むちゃ》はしないように。後……出来れば他の方とパーティを組んで下さい」

「は、はい。と言ってもギルド無所属だと、結構難しいんですが」

ましてロッドのアビリティがアビリティだ。実力を見る前に敬遠されてしまうだろう。

「なら、一時的にどこか他のギルドに入るとか、そういう方法もあります」

「……それはやりたくありません。オレが所属するギルドは【勇なる御手】一つです。そう、決めているので」

そこだけは譲《ゆず》るわけにはいかないと、ロッドは頑《かたく》なな意志をもってレイナに主張した。

「頑固《がんこ》、ですね」

「……すみません」

「私が何を言っても、変わらなそうです。そういうところも——似てますね」

「誰にですか？」

ロッドが首を傾《かし》げるのに、レイナは少しだけ笑って答える。

「内緒《ないしょ》です」

その口調は、どこか楽しげであるようにも、思えた。


「……さて、と」

冒険者の資格を取得してから一カ月半ほど経《た》った、その日。

ロッドはついに、その場所へと足を踏み入れていた。

下へと続く階段の前で、異形が待ち構えている。

針金のように鋭い毛が生えた、二つの頭を持つ巨大《きょだい》な狼《おおかみ》だった。その背からは、灼熱《しゃくねつ》の炎《ほのお》が立ち昇《のぼ》っている。

オルトロス――。

【紅蓮の迷宮】30階の門番にして、新米冒険者の前に立ち塞《ふさ》がる、強固な壁である。

「どこまでやれるか……」

ロッドは武神の剣を抜いて構えた。敵対意思を感じ取ったオルトロスが前傾《ぜんけい》し、腹の底に響くような唸りで威嚇《いかく》してくる。

「来い。腕試《うでだめ》しだッ！」

ロッドが疾走《しっそう》すると共に、オルトロスが鼓膜《こまく》を打ち破るかのような鋭い咆哮《ほうこう》を上げた。

同時に相手の背中で燃え続ける焔《ほのお》から、無数の火球が飛び出す。

それらはロッドの視界を埋《う》め尽《つ》くしたかと思うと、凄《すさ》まじい速さで殺到《さっとう》してきた。

考える暇も、避《さ》ける余裕《よゆう》すらない。

（さすが初心者殺し。あるいはネルトガに改造されているのか？）

判断は出来ないが、いずれにしろ対応しなければ命の危険すらある。

「スキル使用。《ステータス・アンロック》――速さ解放！」

発動した力によって、ロッドに付与《ふよ》されたステータスの一つが一気に限界値まで達した。

直後、周囲の動きが遅延化《ちえんか》する。

正確には、ロッド自身が世界の支配下から逃《のが》れ、尋常《じんじょう》ならざる速さを実現しているのだ。

ロッドは走りながら、無数の火球が己《おのれ》に届く前にオルトロスへと接近した。

相手が鋭い目を見開き、驚きを表す。向こうからすれば、ロッドが消えた直後に自分の目の前に現れたように見えたことだろう。

それでもオルトロスは即座に反応。ロッドを焼き尽くさんばかりに、二つの口を開いて大量の火を吐《は》き出した。

（かわすことも出来るけど……せっかく詰《つ》めた距離《きょり》だ。このまま押し込《こ》む。あれの使い時だ！）

ロッドは、武神の剣を手にしながら叫《さけ》ぶ。

「スキル使用。《グラン・ガードナー》！」

目の前に半透明《はんとうめい》の壁《かべ》が出来上がり、オルトロスの炎を完全に防ぎ切った。

一日に一度だけ、たった数秒間だけだが、あらゆる攻撃を無効化する障壁《しょうへき》を生み出す力だ。

「《ハイ・シャウト》！」

次いでロッドが口を開けると、耳障《みみざわ》りな音と共に空間を波動が渡る。

攻撃をまともに浴びたオルトロスは、痺《しび》れたように動きを止めた。

（さすが【戦士】の上位スキルだ。こっちはどうだ⁉）

大きな隙《すき》の生まれたオルトロスに対し、ロッドは得物を持つ手を大きく引く。

切っ先を相手の額に合わせて、スキルの名を呼んだ。

「《マスト・ラッシュ》ッ！」

勢いよく剣を突き出す。

刹那、刃《やいば》が残像を刻む程の速度で数百発という突きを連続した。

微動《びどう》だに出来ないオルトロスは全てをまともに受け――凄まじい衝撃波《しょうげきは》と共に後ろへ吹き飛ぶ。壁に激突《げきとつ》し、派手に陥没《かんぼつ》させると、白目を剥《む》いた。

『《ステータス・アンロック》の効果が終了《しゅうりょう》しました』

ロッドの目の前に文章が現れると共に、世界が元の状態を取り戻した。

オルトロスが壁から落ちると、そのまま、床に崩《くず》れ落ちる。

しばらく待ってみたが、何の反応も示さなかった。

「……倒した」

ロッドは拍子抜《ひょうしぬ》けした気分で、呟《つぶや》く。

あまりにもあっさりと『壁』を越《こ》えてしまったことに、全く実感が湧《わ》かなかった。

（いや……でも、当然か。《マスト・ラッシュ》は本来レベル100以上の【剣士】が使う上位スキルだ。いくらオルトロスが強くても難易度の低い【紅蓮の迷宮】の30階を守る門番。そんなものを喰《く》らえば、ただじゃ済まない）

如何に自分の手に入れた力が埒外《らちがい》のものか、使って初めて自覚する。

ロッドはオルトロスの死体に近付くと、武神の剣を使って、その身にある尻尾《しっぽ》を切り取った。これを協会に提出することで、30階の門番を討伐したことが認められるのだ。

「とりあえずは目標達成、か……それにしても、本当に上手くいくなんてな」

ロッドはオルトロスの尾《お》を鞄に仕舞うと、意識を集中し、《全知の眼》によるスキル・ルート全体図を呼び出した。

樹木のようにスキルの枝葉が広がる中で、解放されているものが幾つかある。

それには【アンロック】以外の——別のアビリティのものも含《ふく》まれていた。

（《ハイ・アンロック》でアビリティとアビリティを隔てる封印すら『開錠』して、他アビリティのスキルすら手に入るなんて。ちょっと、想像以上だったぞ）

レイナに話した『《ハイ・アンロック》のもう一つの活用法』は、見事に成功したことになる。

入手していないスキルと、アビリティ同士の繋《つな》がりを塞いでいる部分の模様が同じであった為《ため》に、あるいはと思ってやったことだったが——スキルが適用された時は本当に驚いたものだ。

そこで、30階までの間で扉《とびら》や宝箱の鍵《かぎ》を開け続けてソウルを入手し、オルトロスと戦う前に、ひとまずは強力だと思われる【戦士】と【剣士】の上位スキルを手に入れたのだった。

（これなら、スキルの組み合わせ次第で思ってもみない力が発揮できるかもしれない）

ロッドの持つ【アンロック】はあくまでも補助的なアビリティである為、仮に高レベルになったとしても、ステータスの力や防御《ぼうぎょ》、速度はそこまで上がらない。

その為、無理にレベルを上げるよりは、その分のソウルを消費して様々なスキルを手に入れていった方が、戦闘《せんとう》に関しては極《きわ》めて効率的だ。

そういった意味でラビィから受け継《つ》いだ力は、【アンロック】と想像以上に相性《あいしょう》が良い。

もし他のアビリティを授かっていたら、こう上手くは嵌《は》まらなかっただろう。

皆に馬鹿にされたはずのものが、気付けば何よりも価値のあるものとなっていることに、ロッドはこの上ない喜びを感じた。

己が授かったものだけでなく、この世に存在している全てのアビリティのスキルを手に入れられる。どれほどの強さを得られるか、想像も出来なかった。

いく。

「今のオレなら、単独で30階から下にも挑める。行けるところまで行ってみるか」

ロッドは【武神の剣】を鞘《さや》に納めると、オルトロスの死体を乗り越《こ》えて、階段を下りていく。

遥か遠くにあったはずの金貨三百という目標が——気付けば、すぐそこに見えている気がした。


「お待たせしました、ロッドさん。確認《かくにん》が終わりました」

前方から声をかけられて、ロッドは待機用の椅子から立ち上がった。

迷宮都市の冒険者協会、紅蓮の迷宮支部。広い室内に集まった冒険者の全員が、受付に向かって歩き出す自分に視線を向けているのを感じる。

「……ロッドさんは、以前から頻繁に協会が仲介《ちゅうかい》した依頼《いらい》をお受け頂き、その度《たび》に異例の早さで提示されたアイテムを手に入れて来る方ではありましたが」

受付に座っていた少女が、当惑《とうわく》するような表情で告げて来た。

ダンジョンに冒険者が挑むのは、基本的にお宝目当てではあるが、それが全てではない。

五大迷宮に眠る貴重で珍しいアイテムを欲《ほっ》するが、冒険者になるような度胸や時間はない。そんな人間が、代わりに持ち帰ってくれるよう、ギルドへ依頼書《いらいしょ》を出すことがあった。

冒険者協会の掲示板《けいじばん》に貼《は》られた不特定多数からの頼《たの》み事《ごと》を請《う》け負うのも、冒険者の仕事というわけだ。要求されたアイテムを協会に提供すると、依頼内容にも依《よ》るが、大体の場合は少なくない報奨金《ほうしょうきん》を受け取れた。

中にはアイテムを店に売るよりも高い報酬《ほうしゅう》を受け取ることが出来る場合もある為、ロッドも繰《く》り返し依頼を受けては解決していた。

「それにしても、まさかここまでのことを成《な》し遂《と》げる方だとは。驚きました。いえ、そんな段階ですらないかもしれません。わたしも冒険者協会に勤めて一年になりますが、今回のような件は初めてです」

未だ現実を受け止めきれないというように、少女は息をつく。

彼女の名はエッカ。この紅蓮の迷宮支部の協会員で、受付嬢《うけつけじょう》をしている。

艶《あで》やかな黒髪《くろかみ》を肩《かた》の辺りで切り、切れ長の涼《すず》やかな目をもつ美女で、男性冒険者の間でもかなりの人気を誇っていた。

協会員の制服下に隠《かく》された体が均整がとれているものの、それに反するように胸の辺りが見て分かるほどに豊満だというのも、その理由の一つだろう。

それ故、多くの男性に言い寄られた過去を持つが、いずれもすっぱりと断っている。

今は故郷に居る家族の為に仕事に集中したいので、というのが彼女の言い分だが、真相は分からない。

ともあれ、少し前のロッドからすれば色んな意味でおよそ近寄り難い人ではあったが、ここしばらくですっかり顔見知りになった。

ロッドがダンジョンで手に入れたアイテムをしょっちゅう持って来るのに、エッカが興味を惹《ひ》かれて声をかけてきたのがきっかけだ。

「そ、そうですか。オレも自分でここまでやれるとは思わなかったけど。……ところで、結果はどうでした？」

気になってロッドが尋ねると、エッカは「あっ」と声を出して、顔を赤らめた。

「ごめんなさい。ついびっくりしてしまって」

仕切り直す様に咳払いし、エッカは、表情を引き締《し》めながら言う。

「――間違《まちが》いありません。ロッドさんが提供されたのは、【紅蓮の迷宮】30階を守る門番オルトロスの尻尾です。また、一緒《いっしょ》に渡された別の魔物《まもの》の素材ですが……」

「ああ。オレが受けた依頼書のやつですね」

「ええ。こちらも、50階の門番グレーター・ホースのものであることが確認されました」

エッカの声に、ロッドの周囲に居た冒険者たちの間でどよめきが上がった。

「まさか、冒険者資格をとってわずか一カ月半ほどで30階を突破するだけでなく、50階までお一人で到達《とうたつ》されるなんて。失礼ですが、ロッドさんのアビリティは【アンロック】ですよね。一体どのようにして？」

「ああー。うん。それはまあ、色々と工夫《くふう》をしまして」

説明するとややこしいことになりそうな為、ロッドは言葉を濁《にご》す。

エッカは小首を傾げながらも、やがては頷いた。

「承知しました。何かご事情があられるようですが、詮索《せんさく》は致《いた》しません。ともあれ……おめでとうございます。協会の判断として、ロッドさんの冒険者資格の昇格を認定致《にんていいた》します」

「あ、ありがとうございます！　これで【紅蓮の迷宮】最深部にいる門番を討伐すれば、【蒼煉の迷宮】に挑めるんですよね？」

「ええ、その通りです。ただ、ロッドさんに与《あた》えられた称号はC級ではありません。――B級です」

「B級？　どうして？」

「本件は冒険者協会の設立以降、異例中の異例です。よってロッドさんの実力はC級に留《とど》まらないと判断しました。あなたのような冒険者を迎え入れることが出来て、協会としても喜ばしく思っております」

エッカが微笑《ほほえ》みを浮《う》かべると、再び、ロッドの周囲に居た冒険者たちがざわめき始める。

「E級からいきなりB級だってよ。そんなもん、聞いたことねえな」

「ロッドって、全然聞いたことなかったけど……すごいわね」

「単独で50階を突破ってことは、どのギルドにも属してないってことじゃないのか。今の内にうちで確保しておいた方がよくないか？」

　にわかに注目を浴びて、ロッドは嬉しさよりも居心地《いごこち》の悪さの方が先に立った。慣れない状況に、むず痒《がゆ》くなるような気がする。

「ただ今、資格証を更新《こうしん》して参ります。しばらくお待ちください」

　エッカが深々と頭を下げるのに、ロッドは頷いた。

「分かりました。後、グレーター・ホースの報酬は、確か金貨二十枚ですよね」

「ええ、その通りです」

「ありがとうございます。では、宜《よろ》しくお願いします」

　ロッドが会釈《えしゃく》すると、エッカは再度、一礼して受付カウンターの奥《おく》へと向かった。

（やった！　30階を突破《とっぱ》した後も探索《たんさく》した甲斐があったぞ。これで——！）

　ロッドは昂揚《こうよう》する気持ちのまま、両手を強く握《にぎ》りしめる。

「あ……あのさ、ロッドだったよな。もし良かったらおれたちのギルドに入ってくれないか？」

と、そこで、近くに居た冒険者の一人が声をかけて来た。

「い、いやいや、うちに来てくれないか？　所属している冒険者の数も多いし、ギルドに貢献《こうけん》した奴《やつ》には特別報酬が出る制度もあって」

「いや、ワタシのところに来てよ。可愛《かわい》い子も沢山《たくさん》いるしさ」

すると、それを皮切りにしたかのようにして、次々と周囲の冒険者たちが誘《さそ》いをかけてくる。以前のことが嘘のような状況だ。しかし、

「……ありがとう。でも、ダメなんだ。オレが入るギルドはもう決まってる」

首を横に振《ふ》ったロッドに、彼《かれ》らは明らかに落胆《らくたん》した様子を見せた。

「どこなんだよ。キミみたいな冒険者が入るギルドって」

「それは——」

「【勇なる御手】ですよね、ロッドさん」

ロッドが答えようとした瞬間《しゅんかん》、集団の外から声がする。

人混みを掻《か》き分けて現れたのは、ロッドと共に協会支部へ来ていたレイナだった。

「……レイナさん。はい、そうです」

頷いたロッドの周りで、冒険者たちがどよめく。

「【勇なる御手】って、あのライゼンの？」

「でもあそこって、ライゼンさんが亡《な》くなってから所属する冒険者がどんどん居なくなって、潰《つぶ》れかけだって聞いたけど……」

様々な声が飛び交《か》う中、背後からエッカが呼びかけて来た。

「ロッドさん、お待たせしました。更新した資格証と報酬を……どうされました？」

待ってましたと、ロッドは後ろを向く。

「いえ、なんでもありません。ありがとうございます」

受付カウンターの上に載った自分の冒険者資格証と、ずっしり重い布袋《ぬのぶくろ》を、ロッドは受け取る。

資格証を鞄《かばん》に仕舞《しま》うと布袋の中身を確認し、間違いないと胸を撫《な》で下ろした。

「レイナさん。大変お待たせしました」

ロッドはエッカから受け取ったものと、自分が腰に提《さ》げていた別の袋《ふくろ》を取り外すと、レイナの方を向く。

「確かめて下さい。——金貨三百枚です」

レイナは自分を落ち着かせるように何度か深呼吸をすると、周囲の好奇《こうき》な目にさらされながら、ロッドから布袋を受け取った。そのまま紐解《ひもと》いて、中を覗《のぞ》き込む。

「まさか、本当にたった一カ月半で、私の提示した金額を……」

やがてレイナが浮かべたのは、驚きと感動、困惑《こんわく》が入り混じったような表情だった。

「ええ。本当はもっと早くしたかったんですが」

「なにを言っているんですか。新米の冒険者が一カ月半ですよ。常識外れにも程《ほど》がありま
す」

「……ありがとうございます。レイナさん、これで――あなたと、ライゼンさんが築いた
拠点を、オレに買い取らせてもらえませんか？」

ロッドの問いかけに、レイナは黙《だま》り込んだ。

かと思うと、顔を伏《ふ》せる。

まるで、ロッドに今の自分の表情を見せたくないというように。

「……はい。約束は、約束ですから」

「ありがとうございます。うれしいです」

「わ、私の方こそ……！」

ロッドの言葉にレイナは再び顔を上げかけたが、なにかを誤魔化《ごまか》すように再び俯《うつむ》いた。

「……なんでもありません。契約《けいやく》は成立です。今日から【勇なる御手】の拠点はあなたの
ものです」

「いや、オレじゃなくて、オレと、レイナさんのものですよ」

「え、でも……」

「オレがそうしたいんです。お願いします」

レイナをまっすぐ見つめてロッドが言うと、彼女は上目遣《うわめづか》いをし、ため息をつく。

「また、あなたはそういう目を……」

「……え?」

「な、なんでもありません。ならば仕方ありませんね。承知しました」

「ええ。ついてはレイナさんにお願いしたいことが――」

と言いかけて、ロッドはふと冷静になった。

レイナの登場でつい忘れていたが、今の自分は、支部内の全員から注目されている存在なのだ。

「ああ……っと。ごめんなさい。ここじゃちょっと。拠点《きよてん》に移動しませんか?」

レイナもまた、周囲の状況に気付いたのだろう。若干《じやつかん》、顔を赤らめて、頷いた。

「そ、そうですね。そうしましょう」

そうしてロッドはレイナと共にエッカへ挨拶《あいさつ》をしてから支部を出ると、【勇なる御手】の拠点へと向かったのだった。

「それで、お願いしたいこととは？」

場所を移動し、拠点内で席につくと、レイナが改めて訊《き》いてくる。

「はい。……【勇なる御手】が再出発する以上、オレはギルドに沢山の冒険者《ぼうけんしゃ》を集めて、ライゼンさんが治めていた頃《ころ》の賑《にぎ》やかな時代を取り戻したいと思っています」

咳払いしてロッドが話し始めると、レイナは先を促《うなが》すようにして顎《あご》を引いた。

「その為に、五大迷宮の完全攻略《こうりゃく》を目指して探索し、多くの功績を上げて、ギルドの名を広めます。それが、ラビィの託《たく》してくれた願いを果たすことにも繋がりますからね」

「なるほど。……今までのようにたった一人で、そのようなことを？」

「いえ。オレにはもう一人、仲間にしたい方がいます。――あなたです。レイナさん、オレと一緒に、ダンジョンに挑《いど》んでもらえませんか⁉」

ロッドは思い切って頼《たの》み込み、頭を下げた。

30階を突破したことで、ある程度、冒険者としての自信はついた。

ならば今こそ誘う時だろうと、決断したのだ。

「……。私は……」

長く、躊躇《ためら》うような間を空けて。

レイナは呟くと、痛みを堪《た》えるような顔で、視線を落としてしまう。

「……無理ですよ。私なんて、ロッドさんの役には立ちません」

「どうしてですか？　補助的な役割だと言っても、【収納】のアビリティだって必要です」

「確かにそうかもしれません。ですが私は、その……」

言葉を切って、レイナが強く下唇《したくちびる》を噛《か》んだ。

ロッドの目には、彼女がそのまま泣き出してしまうように見える。

「え、レイナさん？　その……オレ、なにか不味《まず》いことでも……」

慌《あわ》てるロッドに、レイナは弱々しく首を横に振った。

「いえ。そうではありません。ただ、私は『道外し《ルート・ブレイカー》』なんです」

「……ルート・ブレイカー？」

どこかで聞いた覚えがあると、ロッドはレイナの言葉を繰り返す。

「冒険者にとって最大の烙印《らくいん》。――スキル・ルートの選択《せんたく》を、誤った者への蔑称《べっしょう》です」

「あ……」

消え入る様な声で言った彼女に、ロッドはかける言葉を持たなかった。

（……ごく稀《まれ》に居る、とは、知っていたけど。まさか、レイナさんがそうだったなんて）

アビリティがレベルアップすると、三つのスキルが選択肢《せんたくし》として現れる。

大抵《たいてい》の場合、冒険者は情報を集め、更《さら》に先に待つであろうスキルをある程度把握《はあく》した上で、そのうちの一つをとるのが普通《ふつう》だった。

だが時折、何かの事情でスキル選択を間違えてしまう者がいる。

間違えた先にも有用なスキルがあれば取り返しはつくが、もし、そうでなかったら。

たとえば、さほど強力なスキルが存在しないルートに入ってしまったら——今後の冒険《ぼうけん》者稼業《しゃかぎょう》にも、大きな影響《えいきょう》を及《およ》ぼしてしまう。

最悪、ギルドから除名され、誰もパーティを組んでくれなくなることもあるのだ。

そうした失敗を犯《おか》した者は、冒険者界隈《かいわい》では揶揄《やゆ》の意味を込めて『道外し』と呼ばれていた。

「……【収納】のアビリティをもっている人のほとんどは、《収納変化》という上位スキルを目指して、ルートを辿《たど》っていきます」

やがて、レイナがぽつぽつと、語り始める。

「『スキルで生み出した鞄に入れたアイテムを一つ、別の物に変化させる』という効果を持っていて、場合によっては役に立たない物を、かなり稀少《きしょう》な物に変えることが出来るんです。だから《収納変化》をもっている冒険者はパーティ内でも重宝されまして」

「じゃあ、レイナさんはそのスキルを手に入れる為のルートに入れなくなった、ということですか」

「ええ。【収納】などという、ギルドの長には相応《ふさわ》しくないアビリティを得ただけでなく、最悪の『道外し』をし、唯一《ゆいいつ》あった価値すら貶《おとし》めてしまう始末。うちから冒険者の人たちが居なくなったのも無理はないでしょう」

これで理解してもらえたか、というように、レイナは苦笑《くしょう》した。

「私は、冒険者としては誰にも必要とされない存在なんです。ロッドさんのように、たった一人でも偉業《いぎょう》を成し遂げる人には相応しくありません」

黙りこくるロッドに、レイナは空元気の振る舞いで、わざとらしく明るい声を上げる。

「でも、良かった。ロッドさんのようにこのギルドを愛する人に拠点《きょてん》を譲ることが出来て。これで私も、後顧《こうこ》の憂《うれ》いなく冒険者を引退できます」

「……辞《や》めるんですか?」

「ええ。このまま冒険者を続けていても、日の目を見ませんから。安心して下さい。ロッドさんなら、評判を聞いてすぐに沢山の冒険者が所属したいと申し出てきますよ。【勇なる御手】は、私なんていなくても、安泰《あんたい》です」

なんでもないことのように、レイナは告げた。笑《え》みさえ、浮かべてみせて。

しかしロッドには分かった。それが自分の気持ちを押し殺し、無理矢理《むりやり》に浮かべたものだと。

「レイナさんは……ライゼンさんやお母さんの後を継ぎたいと、そう思わないんですか？」

「……思いますよ。ロッドさんに負けないくらい、私は偉大《いだい》な冒険者である父を、そして母のことを尊敬していましたから。でも、現実は現実です。私はこのギルドに居る資格はありません」

「だけど――」

「いいんです。私がロッドさんについていっても、何の役にも立たない。なら、潔《いさぎよ》く冒険者の資格を返上した方がマシです」

自らの身に絡《から》みつくあらゆるものを、強引《ごういん》に振り切るように。

レイナはそう言って、頷いた。

だが、ロッドは見逃《みのが》さなかった。

彼女《かのじょ》の握られた手が、微《かす》かに震《ふる》えていることを。

「ロッドさん。この【勇なる御手】を――父と母が残したギルドを、よろしくお願いします」

全てを諦《あきら》めたような顔で、頭を下げるレイナに。

「…………」

ロッドは目を瞑《つぶ》り、そして、言った。

「お断りします」

「ロッドさん、でも」

「仮にルートを間違えたとしても、その先にもスキルはあるわけですよね。そっちが有益である可能性もあるでしょう？」

「私もそう思って、必死にレベルを上げ続けました。ただ、ロッドさんもご存知《ぞんじ》ですよね。アビリティには――『レベルアップ限界』があるってことを」

「……ええ、知っています」

完全にレベルが止まるわけではない。だが、アビリティがある程度まで成長すると、やがて、特定の条件が提示されるようになるのだ。

強制されるわけではないが、条件を達成しなければ、それ以上、レベルアップしなくなる。アビリティによって内容は様々だが、冒険者の間ではそれを総じて『レベルアップ限界』と呼んでいた。

「【収納】のレベルアップ限界突破条件は『違《ちが》う種類のアイテムを千個集めて、収納する』というものです。その時にはもう、うちに所属している冒険者の数もほとんどいなくなっていまして、とてもではありませんが集めきれませんでした」

レイナはそこで、ポケットから、赤い光が閉《と》じ込められた瓶《びん》を取り出した。

「ギルドから皆《みな》が居なくなった後、一人でもやってみようと【紅蓮の迷宮】に潜《もぐ》ってみましたが、戦闘向きではない私のアビリティではやはり無理で……。このアイテムを一つ手に入れて、逃《に》げ帰《かえ》ってしまいました」

「〈爆熱瓶《フレイム・グラス》〉ですね。何かにぶつかると割れて、中身が激しい爆発《ばくはつ》を起こすアイテムです」

「ええ。攻撃力《こうげきりょく》はそれなりですが、そこまで貴重なものではありません。所詮《しょせん》、私はその程度の人間なんですよ。それに、仮に条件を突破したとしても、その先に労力に見合うスキルがあるとも限りませんし……もう、何もかもが嫌《いや》になりまして」

沈痛《ちんつう》な面持《おもも》ちで、レイナはアイテムを見つめた。

恐《おそ》らくはそれが止めとなって、レイナはギルドの存続を放棄《ほうき》してしまったのだろう。

「ですから、ロッドさんも私などに構わず、ダンジョン攻略に注力してもらって大丈夫《だいじょうぶ》です。同情で仲間にしてもらう方が、辛《つら》いですから」

「……レイナさん。《収納変化》のスキル・ルートのどこを間違えたのか覚えていますか？」

ロッドは意識を集中し、《全知の眼》を発動した。

無数に広がるスキル・ルート全体図を操作し、あるアビリティを呼び出す。

「え？　え、ええ。確か、《収納複数増加》というスキルを手に入れてしまったところです。『武器、防具、補助系アイテムの収納数を上げる』という効果がありまして。【収納】のアビリティは基本的に、スキルで呼び出す鞄に入れられるアイテムの種類や容量を増やすというスキルが多いんですが……」

自分の失態を悔《く》いるように、レイナはため息をついた。

「情報を集めて選択していたつもりが、《収納変化》のルート分岐《ぶんき》に入るスキルは、一つ後のものだと勘違《かんちが》いしていたんです。そこに来て、複数の収納数を上げられるというスキルについ惹かれてしまい……少しでもギルドにとって益のあるスキルを手に入れようと、焦《あせ》っていたということもあるでしょう」

「気持ちは、理解できます」

「挽回《ばんかい》しようと色々な人に話を聞きましたが、《収納複数増加》のスキルを取った場合、その後にどうやっても《収納変化》のルートには戻《もど》れないそうで。諦めて今に至る、というわけです」

ロッドは頷《うなず》き、スキル・ルート全体図のある点に目を向けた。

「なるほど。ですが——むしろ、間違えたのがそこで良かったかもしれません」

「え……どういうことですか？」

「《収納複数増加》を取得した場合、その先にあるスキルが存在しています。《無限収納《インフィニア・ストレイジ》》というものです」

「無限収納……」

「『生命体以外の物質を、制限なく鞄に取り込むことが出来る』という効果があります。これ……凄《すご》いですよ。入れられるのがアイテムに限らないなら、どんな大きなものでも自在に持ち運べるってことです。その気になれば、建物を収納してダンジョン内で展開し、お店を開くことすら出来る」

「そ、そんなことが可能になるスキルが……⁉」

信じ難《にく》い、という表情で席を立つレイナに、ロッドは笑みを浮かべて頷いた。

「オレとしても、レイナさんについてきて頂けると助かるんです。何せ、五大迷宮を攻略するに当たってどんなアイテムが役に立つか分からなくて、手当《てあ》たり次第《しだい》に集めているものので。さすがに全てをもっていくと動けなくなるので、どうしようか困っていたところだったんです。それにこれからも、数は増える一方ですし」

「で……ですが、仮にそうだとしても。ロッドさん、あなたは他のアビリティのスキルを手に入れられるんですよね。だとすればご自身で《無限収納》を習得すれば良いのでは？」

「いや、それが、世の中そう上手《うま》くなくて。今見たら、《無限収納》のスキルを解放するのに要求されるソウルは３２００なんです。相当に多い。手に入れようと思えば、そうですね、オレでも一カ月ほどはかかります」

「一カ月、ですか。それくらいなら……」

「ええ、まあ。ですが他にも欲《ほ》しいスキルがありますし……そっちに割《さ》いている余裕がまりないんですよ。それに比べると、レイナさんはレベルアップ限界を突破さえすれば、その次にあるのが《無限収納》なので。断然楽ですよね」

ロッドの言葉に、レイナは尚《なお》も迷うように目を逸《そ》らした。理屈《りくつ》としては分かったが、それでもまだ受け入れることは出来ないのだろう。

「後、ですね。これは個人的な感情というか、オレのわがままでしかないんですが……」

彼女の気持ちを察しながら、ロッドは咳払《せきばら》いし、緊張《きんちよう》を感じながらも告げた。

「オレは、ライゼンさんの娘《むすめ》であり、その遺志を継ごうとしていたレイナさん、あなたと一緒に五大迷宮を攻略したいんです。たとえこの先、他に仲間が出来たとしても、一番初めはあなたがいい。それは——絶対に、譲《ゆず》れない気持ちです」

「……ロッドさん……」

ありのままに己が胸中をさらけ出したロッドに対して、レイナは呆然《ぼうぜん》と立ち尽くしていた。

だが彼女はやがて、唇《くちびる》を噛み締めて、ぽつりと漏《も》らす。

「……違うアイテムを千個、ですよ。集められますか?」

「ああ、それくらいは楽勝です。さっき、アイテムを集めまくったって言いましたよね。迷宮都市にある倉庫を一つ借りて、保管場所にしてあるんですが……数えたことはないですけど、多分、千は余裕で超えています」

ロッドがあっさり答えると、レイナは再び無言になった。

急《せ》かすこともなく、声をかけることすらなく、ロッドはただひたすら、彼女の決断を待ち続ける。

そうして、長い、長い時を経て。

「……私……」

レイナの口から、短い言葉が零《こぼ》れ落ちる。

彼女は自らの手を見下ろし、体を震わせながら、小さな声で続けた。

「私……まだ、冒険者として活動していいんでしょうか……?」

目《め》尻《じり》に薄《うっす》らと涙《なみだ》が浮かび、それはやがて溢《あふ》れ、幾度《いくど》も零れ落ちていく。

「当たり前です。ライゼンさんとは違う道かもしれません。でも——レイナさんは役立たずなんかじゃない。オレに、いえ、このギルドにとって必要な人です」

しばらくの後。レイナは顔を両手で覆《おお》い、嗚《お》咽《えつ》を上げ始めた。

「改めて、お願いします」

ロッドはレイナの肩に手を置いて、強く呼びかける。

「レイナさん。オレと一緒に、五大迷宮を攻略して下さい」

沈黙《ちんもく》。

だがそれは、迷いの時間ではない。

望外の喜びに戸惑《とまど》うあまり、上手く形に出来なかっただけ。

やがてレイナは、短く答えた。

「――はい」


人間、とは、かくも弱い生き物である。

力もなく、知恵《ちえ》もたかが知れている。勇気に乏《とぼ》しければ、苦境に耐《た》える胆力《たんりょく》すらない。

他人を羨《うらや》み、妬《ねた》み、憎《にく》しみ、奪《うば》い、争う。

他の神々が、彼らを愛する理由が――ネルトガには、まるで分からなかった。

故に『本体』から解き放たれ、自身の意志をもった時、愚《おろ》かだと思ったのだ。

よりにもよって、世界を支配するに足る力を持つ己《おのれ》に対抗《たいこう》するべく、人間を鍛《きた》えるなどと。ネルトガからすれば、虫けらと大して変わらない奴らがいくら鍛錬《たんれん》しようとも、虫けらに過ぎない。

しかし、

「……興味深いな」

ネルトガは結晶版《けっしょうばん》の向こうで展開される光景に、そう声を漏らした。

【紅蓮の迷宮】の50階、ネルトガによって改造を施《ほどこ》された凶悪《きょうあく》な魔物を相手に、たった一人の人間が立ち向かっている。

本来であるならば、単なる無謀《むぼう》、自殺行為《こうい》に他ならなかった。

しかし、その人間は一方的にやられるどころか、魔物を圧倒《あっとう》し、倒《たお》してしまう。

本来であれば一つしか許されぬアビリティを複数持っているかのように、あらゆるスキルを使いこなしながら。

「ロッド、と言ったか……迷宮神の力をこのように使うとは」

恐らくは彼に力を譲り渡《わた》した、ラビィ本人ですら想像もしていなかっただろう。

「少々他とは違う、か。ならば、こちらも手を変えてみよう」

ネルトガが指を鳴らすと、無数の結晶版それぞれに、五大迷宮の様子が映し出された。

「余興としては、あのロッドと関わりのある者を利用するのが面白《おもしろ》い……が。さて、誰《だれ》がいる？」

じっくりと眺《なが》めながら、獲物《えもの》を吟味《ぎんみ》する。

良い暇潰《ひまつぶ》しの相手が見つかったようだと、ネルトガは独り、ほくそ笑んだ。

レイナが承諾《しょうだく》してくれたことで、晴れてロッドは、彼女と二人での冒険者ギルド【勇なる御手】を再始動する目処《めど》がついた。

当初の目的は達成できたわけだが、当然ながらそれで全てが終わったわけではない。

レイナと共に、かつてライゼンを中心にして賑わっていたギルドの盛況《せいきょう》さを取り戻す——いや、これまで以上にするという、新たな目標を立ち上げたからだ。

その為にもギルドの名を広める必要があり、ラビィに頼まれたことと合わせ、一層に五大迷宮の探索に努める必要があった。

よって、当面は【紅蓮の迷宮】の完全攻略を目指して行動することにする。

まずロッドは倉庫に保管してあったアイテムを全てレイナに預けた。それにより【ストレイジ】のレベルアップ限界の突破条件は完了《かんりょう》し、彼女は無事に《無限収納》のスキルを手に入れる。

準備は万全。後はダンジョンに潜るだけとなったが、

「……うーん」

レイナと共に攻略することを誓《ちか》い合った、次の日。

ロッドは拠点の自室でベッドの上に腰《こし》かけながら腕《うで》を組み、難問に取り組んでいた。

目の前には《全知の眼》によって呼び出した、スキル・ルート全体図が展開されている。

（ひとまず攻撃力と防御力《ぼうぎょりょく》のある【剣士】と【戦士】、それにあと一つ【武闘家《アタッカー》】の上位スキルを手に入れたけど、もっと工夫は出来る気がするんだよな。アビリティの区別なく、自由にスキルを手に入れられるオレだからこそ実現可能な、なにかが）

それによっては、ただスキルを使うだけではない、それこそネルトガにすら対抗できるような方法が編み出せる可能性があった。

（でも、手当たり次第にスキルを取得できるわけじゃない。《ハイ・アンロック》をスキルに使った場合、宝箱と違って下位でもソウルを消費する。それに上位になって、その効果が強力であればあるほど要求される量も増えるからな）

たとえば《インフィニア・ストレイジ》が3200であったように、《マスト・ラッシュ》は2700、《グラン・ガードナー》は2800だ。恐らく、開錠した宝箱の中身が稀少であればあるほど、必要とされるソウル量が多くなるのと同じなのだろう。もっとも、スキルへ使用した場合はそちらに比べるとかなり多いが。

（宝箱と違ってスキルへ《ハイ・アンロック》を使った場合、ソウルは手に入らないしな……）

ダンジョンの階層が下になればなるほど、稀少な宝箱が増えて行き、その分、ソウルの取得量も上がっていく。ただそれでも、無駄遣《むだづか》い出来るわけではなかった。

『ロッドさんの場合、単にソウル消費の大きいスキルばかりをとるんじゃなくて、他と合わせることで今もっているものを強化する、そういうやり方も、とっていくべきかもしれません』

昨日、レイナから言われたことを思い出す。今後のことを話し合う過程で出た言葉だ。

（確かにその通りだな。ってことは……）

ロッドは手持ちのソウルを消費して、幾《いく》つかのスキルを解放した。

『【狩人《アーチャー》】のスキル《インスタントアロー》を解放、取得しました』

『【白魔導士《ドルイド》】のスキル《ダブル・スペル》を解放、取得しました』

『【武闘家《アタッカー》】のスキル《ハイアップ・スキル》を解放、取得しました』

『【黒魔導士《ソーサラー》】のスキル《火魔法《ひまほう》（レベル２）》《雷魔法《かみなりまほう》（レベル２）》を解放、取得しました』

『【魔剣士《マジック・ナイト》】のスキル《マジック・ソード》を解放、取得しました』

『【探索士《ハンター》】のスキル《スロウ・スタン》を解放、取得しました』

立て続けに現れる文章に、ひとまずはこんなところか、と作業を中断する。

レイナから勧《すす》められたものと、自分なりに有用だと思われるものを選別した結果だ。

（後は手に入るソウル量とか、状況《じょうきょう》に合わせて手に入れていこう）

今とったものはいずれも、単純に使うのはもちろん、何かと応用の利《き》くものばかりだった。スキル・ルート上に存在している上位スキルの組み合わせで、嵌《は》まることもあるはずだ。

（……スキルの合わせ方についても、レイナさんに助言してもらえないかな）

彼女は自分より冒険者としての経験も積んでいる上、ライゼンから色々と聞いているはずだ。昨日教えてもらったもの以外でも、アビリティやスキルについての知識は豊富にあるはずだった。

「ロッドさん？　よろしいですか？」

と、そこで、自室の扉《とびら》が控《ひか》えめにノックされた。隔《へだ》てられた向こうから、正に今思《おも》い浮かべていた人物である、レイナの声が響《ひび》き渡る。

「そろそろ行きませんか。こちらの用意は整いました」

「ああ、すみません。今行きます」

ロッドは立ち上がると、自身の装備を確認《かくにん》し、入り口そばの壁《かべ》に立てかけてあった〈武神の剣〉を腰に差して自室の扉を開ける。

「なにか作業中でしたか？　急がせてしまったのなら、すみません」

「いえ、そういうわけでは。ただレイナさんにまた相談したいことがあるので、ダンジョンに着いたらお話ししてもいいですか？」

言って、ロッドは歩き始めたが、レイナがついてくる気配がない為《ため》に立ち止まった。

振り返ると、彼女はその場で立ち、なにやら言いたげな眼差《まなざ》しを送って来る。

「……レイナさん？　どうしました？」

「あ、いえ。あの……えっと。その……相談はもちろん、大丈夫です。でもその前に、ロッドさん、改めまして、今後ともよろしくお願いします」

思い切ったように頭を下げたレイナに、ロッドはきょとんとしたが、慌てて倣《なら》った。

「あ、は、はい。よろしくお願いします」

少ししてロッドが顔を上げると、レイナは頬《ほお》を赤らめながら、照れくさそうに言う。

「すみません。今日から私もダンジョン攻略に加わりますし、こういうことはちゃんとやらないと、と思いまして」

「え、ええ、そうですね。色々ご迷惑《めいわく》かけるかもしれませんが、助けてもらえると嬉《うれ》しいです」

「こちらこそです。後……ロッドさん、敬語は良いですよ」

レイナはロッドに歩み寄ると、首を横に振った。

「私は誰にでも礼儀《れいぎ》を払《はら》いなさいと母に教えられてきたから癖《くせ》になっていて、もう今更《いまさら》、やめられませんが。歳《とし》も近いですし、あなたはどうか、普段《ふだん》のように。名前も呼び捨てて構いません」

「そ、そうですか？」

「ええ。もう、あなたと私は、仲間なんですから。……変な遠慮《えんりょ》は無用です」

言って、柔《やわ》らかな笑みを浮かべるレイナに、ロッドは胸が高鳴った。

出会ってからずっと、どこか陰《かげ》のある表情をしていた彼女が初めて見せた、心からの笑《え》顔《がお》であるように思えたからだ。

「……分かりました。いや、分かったよ、レイナ」

「はい。ロッドさん。あ……私も少し砕《くだ》けて、ロッドくんと呼んでもいいですか？」

「も、もちろん。なんだか、レイナと距離《きょり》が縮まった気がしていいよ」

「……なにを言っているんですか。バカですね」

ロッドの胸を軽く押《お》すと、恥《は》ずかしさを誤魔化すように、レイナは先を歩いていった。

「そ、それにしても、いよいよ二人での探索の始まりですね。アイテムが必要になったら、いつでも言って下さい。昨日、ロッドくんから預かったものは全て目を通し、把握しましたので」

「え、全部⁉　一晩で⁉　すごいな……」

「その程度、普通です。私はロッドくんの相棒ですから」

「……ありがとう」

「お礼を言われることでも、ありませんよ」

朗《ほが》らかな表情を見せるレイナと共に、ロッドは【勇なる御手】の拠点を出た。

「しかし、【勇なる御手】の活動を再開させるのに一カ月もかかるとは思わなかったな」

「ああ……この拠点を売り払うと決めた時、冒険者協会にギルドの活動休止を申請《しんせい》していましたから。協会側で、本当に再始動できるのかを諸々《もろもろ》調査する都合上、どうしてもそれくらいはかかってしまうそうです。他にもうちと同じようなところがあるそうで、順番待ちといったところですね」

「なるほど。そう上手くはいかないか……でも、その間にダンジョン探索を続けて、評判を上げればいいな」

「ええ、頑張《がんば》りましょう」

レイナが強く頷き、そのままロッドたちは【紅蓮の迷宮】へと向かおうとしたが、

「へえ。これは驚《おどろ》いた」

背後から声をかけられ、振り返った。

そこには、一人の青年が立っている。

くせっ毛気味の明るい栗色《くりいろ》の髪《かみ》。糸のように細い目に、優《やさ》しげな笑みを湛《たた》えた口元。

穏《おだ》やかな雰囲気《ふんいき》を漂《ただよ》わせているが、彼の本性《ほんしょう》がどんなものか、ロッドは嫌というほど知っていた。

「……フィン……！」

強い怒《いか》りをもって睨《にら》み付けたロッドに対し、青年――フィンはまるで意に介《かい》さない様子で近付いてくる。

「巷《ちまた》の噂《うわさ》で、君が生還《せいかん》しただけでなく、単独で【紅蓮の迷宮】の50階まで突破《とっぱ》して【勇なる御手】のギルド拠点を買い取ったって聞いて、何の冗談《じょうだん》だと思って来たら。まさか本当に居るなんてね。よく生き延びたねえ」

「……おかげさまでな」

今すぐ飛びかかって殴《なぐ》りつけたい想《おも》いに駆《か》られたロッドだが、どうにか抑《おさ》えこんだ。そんなことをしたところで意味はないし、乱闘騒《らんとうさわ》ぎにでもなればギルドの評判が悪くなる。

「あなた、ロッドくんを罠《わな》に嵌めて【紅蓮の迷宮】の深階層に落とした人ですよね。よく彼《かれ》の前に顔を出せたものです」

レイナが明確な敵意を込《こ》めて言い放つと、フィンは彼女へ視線を移した。

「君は確か、酒場で絡んできた……拠点の前に居るってことは【勇なる御手】に所属している冒険者だったのか」

「レイナは、【勇なる御手】の長だったライゼンさんの娘さんだ」

ロッドの言葉に、フィンは「へぇ」と浮《う》かべていた薄《うす》ら笑《わら》いを更に深める。

「ライゼンさんの。そういえば娘が居るとか聞いたことがあったけど……いや、僕《ぼく》も以前は色々とライゼンさんにお世話になってね。あの頃の【勇なる御手】は賑わっていたなぁ。色んな冒険者が居てね、その頃に所属していたギルドは違うけど、僕も評判は聞いていたよ」

昔を懐《なつ》かしむように述べた後で、フィンは顔を俯けて、引きつるような声を上げた。

それが、嘲弄《ちょうろう》するような笑いであるとロッドが理解したのは、間もなくである。

「なにが可笑《おか》しい」

ロッドの指摘《してき》に、フィンは視線を上げた。

「いやぁ――こんなに面白いことはないだろう。あれだけ大盛況《だいせいきょう》だった【勇なる御手】が、今や壊滅《かいめつ》寸前。所属しているのも、皆に見捨てられた娘と【アンロック】なんていう底辺のアビリティを持つ新米冒険者の二人。随分《ずいぶん》と落ちぶれたものだ」

「お前……ッ！」

ロッドが声を荒《あら》らげると、フィンは宥《なだ》めるように手を前に出す。

「まあまあ。だけど事実だろう。それに比べて僕が長を勤めるギルド【光揮《こうき》の剣《けん》】は、所属人数が増えていくばかり。今や業界の中でも最大手だ。それも全員が、僕による面接によって選ばれた有能な冒険者ばかり。ライゼンさんのように『希望するなら誰でも受け入れる』なんていう体面で有象無象《うぞうむぞう》を増やして嵩上《かさあ》げしているわけじゃない」

「父は、冒険者として生きる人全てを受け入れたいと思っていただけです。決してそのように、数を増やしたいがだけに条件を広く提示していたわけではありません！」

憤《いきどお》りを示したレイナに、フィンは「どうだかねぇ」と肩《かた》を竦《すく》めた。

「いずれにしろ、【勇なる御手】ももう終わりだね。ロッドくんが拠点を買い取ったってことは、ギルドとして再始動しようって腹なのかもしれないけど、諦めた方がいいんじゃないかい？　仮に冒険者が集まったとしても、どうせたまたま上手くいったロッドくんと同じで、ショボい奴《やつ》らばかり。大した功績は上げられないよ」

「父やギルドだけでなく、ロッドくんまで馬鹿に……！」

ぎり、と奥歯《おくば》を噛み締《し》めたレイナが、フィンに何かを言おうと口を開いた。

「……感謝するよ」

だがその前にロッドはレイナの前に立つと、フィンへ堂々と告げる。

「ギルドを再開するに当たって不安がないと言えば嘘《うそ》になる。でもあんたのおかげで闘志《とうし》が湧《わ》いてきた。絶対に【勇なる御手】を以前のように――いや、これまで以上に、それこそ【光揮の剣】なんて軽く超《こ》えるくらいの規模にする。その日を精々、怯《おび》えて待っておけ」

ロッドの宣言に、フィンは細い目を少し開いた。その瞳《ひとみ》に、挑発的《ちょうはつてき》な色が宿る。

「へぇ。少し見ない間に言うようになったじゃないか。面白いね。口に出した以上、責任はとってもらいたいな」

「ああ。当然だ」

「そう。じゃあ、楽しみにしてるよ。……君が悔《くや》しがって、這《は》い蹲《つくば》る姿をね」

フィンは言い残すと、手を振《ふ》って、場を去っていった。

「なんというか。端的《たんてき》に言って、最悪な人ですね。ロッドくんにしたことを、冒険者協会に訴《うった》えませんか？」

レイナからの問いに、ロッドは首を横に振る。

「やめておこう。証拠《しょうこ》がないんだ。オレが勝手に罠を踏《ふ》んだとあいつが言ってしまえば、否定する材料がない。多分今までもそうやって逃《のが》れてきたんだろう」

「……つくづく下衆ですね」

全くだ。嫌悪感《けんおかん》を剥《む》き出しに言うレイナに、ロッドも嘆息《たんそく》する。

「それより、今はオレ達の力で、【勇なる御手】を大きくすることに集中するべきだ。それが何よりも、あいつへの報復になる」

「ええ、その通りですね。――二人で、頑張りましょう」

ロッドは振り返ってレイナと視線を交《か》わし合い、改めて誓い合うのだった。

第三章　攻略、本格化

「スキルの組み合わせ、ですか。昨日言っていたことですね」

首を傾《かし》げたレイナに、ロッドは頷いた。

「ああ。違うアビリティのスキルを同時使用することで、通常以上の威力《いりょく》を引き出すっていうのは本当に良い案だと思うんだ。それで、具体的に詰《つ》められないかと思って」

「ふむ。それを、この低階層で試《ため》そうというわけですね」

レイナは周囲を見回して、納得《なっとく》したように呟《つぶや》く。

【紅蓮《ぐれん》の迷宮《めいきゅう》】の一階。設置されている罠もなく、徘徊《はいかい》している魔物《まもの》も弱い。

仮に魔物がネルトガによって改造されているとしても、本体の力がそれほどでもなければ、限界はある。ロッドは今までの経験から、それを知っていた。

新たな力を試すのには、丁度良い舞台《ぶたい》である。

「レイナは冒険者《ぼうけんしゃ》として先輩《せんぱい》だし、ライゼンさんを始めとした多くの冒険者のことを知っているだろ。だから、なにか思いついたことがあれば言って欲しいんだ」

「なるほど。どれほどお役に立てるかは分かりませんが、お手伝いしますよ。ちなみに今、どんなスキルを持っているんですか？」

　問われてロッドは意識を集中。アビリティの情報を呼び出した。

『ロッド＝ティングレイ。所有アビリティ【アンロック】：レベル55。ステータス：力50　防御《ぼうぎょ》38　素早《すばや》さ　40　器用さ　65　魔力《まりょく》　0』

　現在のステータス数値が表示されるのに続き、保有スキルが現れる。

「ええと。上位スキルが【アンロック】の《ハイ・アンロック》、《アンロック・ステータス》、【剣士《ソードマン》】の《マスト・ラッシュ》に【戦士《ウォリアー》】の《グラン・ガードナー》と《ハイ・シャウト》、それに【聖騎士《パラディン》】の《ドラゴン・シャウト》だな」

　並べられたスキルの名前を、ロッドは一つずつレイナに伝えていった。

「続いて下位スキルが【狩人《アーチャー》】の《インスタントアロー》、【白魔導士《ドルイド》】の《ダブル・スペル》、【武闘家《アタッカー》】の《ハイアップ・スキル》に【黒魔導士《ソーサラー》】の《火魔法（レベル２）》《雷魔法（レベル２）》、【魔剣士《マジック・ナイト》】の《マジック・ソード》、【探索士《ハンター》】の《スロウ・スタン》……ってところ」

「私が言ったものに加えて、他にも色々とったんですね。正に多種多様というべきでしょうか。そこから考えるとなると……」

腕を組み、レイナはしばし唸《うな》っていたが、やがては再び口を開く。

「インスタントアローは『最大で十本の矢をその場で生成する』というスキルですが」

「ああ。レイナにも言われたけど、消費した分を追加できるし、基本的ではあるけど汎用《はんよう》性《せい》のあるスキルだなと思って。単独でも、纏《まと》めて打つことも可能ってところも気に入った」

「仰《おっしゃ》る通りです。となると『スキルを二回使える』という《ダブル・スペル》と『スキル効果を一日に一度だけ倍化できる』という《ハイアップ・スキル》が相性《あいしょう》良さそうです」

「ん、それはオレも考えてた。単純に二十発の矢を二倍の威力で放てるわけだからな」

ロッドは頷いた。この先、強敵が現れてもある程度は効果を出すに違いない。

「そうです。後は……試してみないと分かりませんが、《マジック・ソード》が利用できそうです。本来は自分の武器に魔法属性を付与《ふよ》するスキルですが、インスタントアローが『物理的な矢を生みだす』という効果なら、通じる可能性はありますね」

「なるほど！　確かにそれはいけそうだな」

さすがレイナだと、ロッドは手を打った。

「更《さら》に《マジック・ソード》は効果を発揮している状態で《黒魔法》を武器に対して唱えると、付与されている属性の力を更に高めることも出来ます。本来は【黒魔導士】の存在が不可欠ですが、ロッドくんなら一人で完結できますね。後は命中率の問題がありますが

「……」

弓の矢が命中する確率は、ステータスの器用に依存《いそん》する。該当《がいとう》の数値が高ければ高いほど、敵に当たりやすくなるというわけだ。

「オレなら《ステータス・アンロック》で器用の値を限界まで上げられるし、問題はないよ。やってみよう」

早速《さっそく》、ロッドはレイナと共に、近くに居た魔物を相手に試してみることにした。

うろついていたのは、小さな体に醜悪《しゅうあく》な顔と角をもち、錆《さ》びた短剣《たんけん》を持つ異形、ゴブリンだ。ロッド達の姿を認めるなり、武器を構えて威嚇《いかく》するように唸りを上げ始める。

「レイナ、弓を貰《もら》えるかな」

「分かりました。スキル使用。《無限収納《インフィニア・ストレイジ》》。弓を出して」

ロッドの指示にレイナが唱えると、虚空《こくう》に大きな鞄《かばん》が現れた。蓋《ふた》が自動的に外れ、中から、事前に彼女へ預けていた弓が飛び出す。

どうぞ、とレイナから渡された弓を受け取り、ロッドは構えた。

「よし。《インスタントアロー》《ダブル・スペル》！」

連続でロッドが発動したスキルによって、まず二十本の矢が空中に浮かび上がる。その内の一本を手に取って弓の弦《げん》に携《たずさ》え、ゴブリンに狙《ねら》いをつけると、残る十九本も同じ方角へと矢尻《やじり》を向けた。

「《マジック・ソード》《黒魔法：サンダーボルト》《ハイアップ・スキル》！」

更にスキルを使うと、矢の全てが雷《かみなり》を纏う。威力が倍増する効果によって激しい紫電《しでん》が撒《ま》き散らされ、薄暗《うすぐら》いダンジョン内を昼間のように照らし始めた。

あまりの眩《まばゆ》さに直視が出来ず、ロッドもレイナも目を細める。

先程《さきほど》まで敵意を剥き出しにしていたゴブリンが、ロッドによって生み出された想像以上の現象に、目を見開いて硬直《こうちょく》した。

「《ステータス・アンロック》器用解放！」

最後に自身のステータスを最高値まで上げると――ロッドは、渾身《こんしん》の力で矢を打ち放つ。

轟《ごう》、という鼓膜《こまく》を打ち破るかのような強烈《きょうれつ》な音と共に、二十本の雷の矢が全てゴブリンへと殺到《さっとう》した。

尋常《じんじょう》ならざる衝撃《しょうげき》と爆裂《ばくれつ》が弾ける。

鮮烈《せんれつ》なまでの黄金色《こがねいろ》の輝《かがや》きは刹那《せつな》にしてゴブリンを焼き殺し、塵《ちり》すら残さずこの世から消し去った。

圧倒的《あっとうてき》なまでの現象を前に、ロッドは自分でやっておいて、しばし呆然としてしまう。

「……思っていた以上にすごいな」

「え、ええ。少し驚きました」

ロッドの呟きに、レイナも息を呑《の》んだ様子で、頷いた。

「使っているスキルはどれも上位ではないのに、合わさるとこういうことになるのか」

扱《あつか》いを間違《まちが》えると、とんでもないことになりそうだ。

ロッドは、努々《ゆめゆめ》気をつけることを己に誓った。

「でも、実験は成功ですね。これなら、門番にも通じます」

「そうだな。レイナが提案してくれたおかげだ。ありがとう！」

ロッドが笑いかけると、レイナは少し照れたように、頬を朱《しゅ》に染めた。

「い……いえ、大したことでは。それより、せっかくですから複合したスキルに名前を付けませんか。互《たが》いの話に出す時、いちいち全てのスキル名を羅列《られつ》するのは面倒《めんどう》ですし」

「それもそうだな。でもなんにしよう？　《サンダー・アロー》とか？」

「ロッドくん、安直ですよ。……《ヴォルテクス・ブレイク》はどうでしょう。ヴォルテクスは、雷を司《つかさど》る神の名です。格好良くありませんか？」

「おお……。…………」

「……どうしました？　気に入りませんか？」

急に黙《だま》り込んだロッドに不安を感じたのか、レイナが顔を覗《のぞ》き込んでくる。

「え、いや、そうじゃなくて。すごく良いと思うけど、レイナってそういうこと、嬉しそうに言うんだなと思って」

自分でスキル名を考えて提案するという、言ってしまうと少し子どもっぽいことを、どこか大人びた節のあるレイナがするのは意外だった。

「……だ、ダメ、ですか？」

言われて自分でも気づいたのか、レイナは俯《うつむ》いて、恥ずかしそうに自分の指先を合わせる。

「い、いやいやいや！　全然ダメじゃない！　むしろレイナの違《ちが》う一面が見れて良かったと思う！　それになんかこういうやりとりって、仲間って感じがして良いっていうか、なんていうか！　と、とにかく！　大丈夫だから！」

焦るあまり訳の分からないことを口にしてしまったロッドに、レイナが少しだけ笑う。

「……確かにそうですね。じゃあ、これからも複合スキルを思いつく度に提案してみます」

「あ、ああ！　オレ、そういうの得意じゃないから、レイナに任せるよ！」

怒《おこ》らせてしまったかと狼狽《ろうばい》していたロッドは、レイナの反応に胸を撫《な》で下ろした。

「任せて下さい。後……ロッドくんが言っていた上位スキル《ドラゴン・シャウト》ですが、あれは槍《やり》を使った時のみに発動できるスキルですよね。離《はな》れた相手に強烈な衝撃波《しょうげきは》を浴びせられるという」

「ん？　ああ、そうそう。中距離《ちゆうきより》程度に限定されるけど、速度のステータスによって効果の強さが変わるっていうのもオレと相性が良いかと思って」

「私もそう思います。でも他にも色々と万能性《ばんのうせい》があると思いまして、たとえば先程の《マジック・ソード》と《火魔法》を合わせることで、炎《ほのお》を纏った風を繰《く》り出すことも可能になるかと思います」

「お、それは良さそうだな。オレは《ダブル・スペル》と《ハイアップ・スキル》を使うことで衝撃波の威力を増して、敵に攻撃《こうげき》することはもちろん、逆向きに放って緊急回避《きんきゆうかいひ》にも使えるんじゃないかって考えたんだけど」

　反動によって、一瞬《いつしゆん》で長距離《ちようきより》を移動することが可能になるという目算だった。

「良い案だと思います。ただ、隙《すき》も大きくなるのでここぞという時にしておいた方が良いかとは思いますが」

「だな。じゃあ、そっちもちょっと試してみようか。それが終わったら、40階から探索を始めよう。直通の転移装置を見つけたんだ」

「分かりました。では、やりましょう」

　ロッドはレイナに頷《うなず》くと、再び、スキルの試行を始めるのだった。

「わぁ……」

階段を下りて一歩踏み出すと、レイナは感嘆《かんたん》の声を上げる。

「ここ、本当にダンジョンの中ですか？」

「ああ。一応、地図で事前に確認してたけど、実際に見るとやっぱり圧倒されるな」

ロッドもまた、彼女《かのじょ》と同じく息を呑んだ。

【紅蓮の迷宮】は20階辺りまでは全体的に薄暗く、壁に挟《はさ》まれた、狭苦《せまくる》しい場所が続く。

しかし、そこを過ぎればおよそ10階ごとに特別な空間が現れるようになっていた。

巨大《きょだい》な坑道《こうどう》や、草原のようなところもあれば、全面が砂漠《さばく》のようになっているところもあった。

今、ロッド達の目の前に展開されているのは、果てなく広がる荒野《こうや》だ。

天は恐《おそ》ろしいほどに高く、霞《かすみ》がかかっていて全容が掴《つか》めない。

自分の立っている場所が建物の中だとは、到底《とうてい》に思えなかった。

「三つのダンジョンはそれぞれ、深い階層からがらりと変わることがあるのは知っていましたが、ここまでのものは見たことがありません。私はそこまで深い階層は潜《もぐ》りませんでしたし……。外観と土地面積の辻褄《つじつま》が合わない気はしますが」

「まあ、そこはそれ。神の力が作用してるってことじゃないのかな」

現在の階層は【紅蓮の迷宮】60階——ここまで来ると、さすがに、一筋縄ではいかなそうだった。

「規模はあるけど、罠はしっかりと仕掛《しか》けられているみたいだ。気を付けよう」

ロッドは《管理者の地図》を確認して、レイナに声をかけた。当然だが、魔物もいる。

「東北の方に下へ続く階段があるな。宝も幾つかあるけど、階層が広すぎて全てを拾っていくと時間がいくらあっても足りなそうだ。必要だと思われるやつだけに絞《しぼ》ろうか」

「ええ、分かりました。それにしても、本当に便利ですね。ダンジョンの構造が全てわかるなんて」

戸惑う反応を見せながらも、レイナは頷いた。

ここまでの道中で、ロッドのもつ力は彼女自身もその目で見て知ったが、それでもまだ現実感が伴《ともな》わないのだろう。

「だなぁ。未《いま》だにオレもそう思うよ。……と、それじゃあ、出発する前に少し休憩《きゅうけい》しようか。お腹《なか》も減ったし」

ダンジョン内は当然だが、太陽の光が差さない為に、時間がまるで分からない。

今ロッド達が居る階層も昼間のように明るいが、外もそうであるとは限らなかった。

その為、下手をすれば体の感覚がおかしくなってしまい、知らない間に極度の疲労《ひろう》が溜《た》まって倒れてしまうなどということもあった。

そうしたことを防ぐ為に、冒険者達《ぼうけんしゃたち》は、小刻みに休息を挟むようにしている。

「そうですね。少し待っていてください」

降りて来た階段から離れたところで、レイナはスキルによって鞄を呼び出した。

「薪《まき》と、干し肉とパンにチーズ。あと、椅子《いす》二つ」

レイナの呼び声に鞄の蓋が自動的に外れ、中から纏まった薪に、干し肉、パン、チーズ、それに折り畳《たた》み式《しき》の椅子が飛び出した。

彼女は食材を受け止めると――椅子は地面に落ちるなり自動的に組み立てられた――少し離れた場所にある薪に近付く。

しゃがみこみ、薪を組み合わせると、懐《ふところ》から取り出した火打石を使って、火を点《つ》けた。

木の枝に差した干し肉とチーズを焚火《たきび》の傍《そば》に置いて、あぶり始める。

「うーん。それにしても、《インフィニア・ストレイジ》だってすごいスキルだよな」

ロッドは火の傍に座《すわ》り、レイナに渡されたパンをナイフで切り分けながら唸った。何度見ても、新鮮《しんせん》な驚きがある。

「ロッドくんのおかげです。沢山《たくさん》アイテムを頂けたおかげで、無事にレベルアップ条件を突破して、《インフィニア・ストレイジ》を手に入れられましたし」

「いや大したことじゃないよ。オレの方こそ、レイナに助けられてる」

なにせ今まで重さに耐えながら運んでいたアイテムを、全て預かってもらっているのだ。

今やロッドは防具と武器を下げているだけで、羽が生えたかのように身軽な立場だった。

「そんな……でもロッドくんの方がすごいですよ。実際に目にして、他のアビリティのスキルを使えるということの凄《すさ》まじさを痛感しました。ここへ来るまでの間も、魔物を全部倒してくれて、なんだか申し訳ないです」

ほどよく焼き目のついた干し肉と溶《と》けかけたチーズを、レイナは、ロッドから渡された二つのパンに挟み込んだ。

「役割分担だよ。オレは戦う役目。レイナはアイテムを保存して、必要な時に渡してくれる役目。どっちが欠けてもダンジョン探索は成り立たない」

「……そうですね。では、私はいざという時にいつでも取り出せるように、アイテムの整理を怠《おこた》らないようにします。特にこの55階で手に入れた〈犠牲の人形《ダブル・ドール》〉とか、いざという時にぱっと使えないと意味がないですから」

言って、レイナは鞄からアイテムを取り出した。

一見すると、子どもが作ったかのように不細工な形をした、木製の人形だ。

「ああ。『一度だけ敵の攻撃を身代わりになって受ける』効果があるなんて、すごいよな」

「ええ。ただ、力を発揮するのは一度だけですから、使いどころが難しいですけど」

「ん、でも、レイナが使い時だと思ったら、遠慮なく効果を発動させていいから」

「いいんですか？　私に判断を任せてもらって。このアイテム、隠《かく》し部屋にありましたし、かなり貴重なもののようですが」

「【収納《ストレイジ》】をレベルアップ限界まで成長させてたってことは、レイナも冒険者として活動していた時はあるんだろ。その経験を信用するよ」

ロッドの言葉に、レイナは複雑な顔をする。

「と言っても【ストレイジ】のソウル入手条件は、アイテムを一定数、鞄に入れることですから。他の冒険者の人に協力してもらってレベルアップしていた時は、戦闘《せんとう》にはほとんど参加していないんですよ。ただ手に入れたアイテムを仕舞《しま》い込んでいただけです」

「そうなのか。んー……まあ、それでも、レイナがそうすべきだと思ってやったことなら、問題はないよ」

「そうですか。分かりました。不安ですが……頑張ってみます」

レイナは頷くと、気持ちを切り替《か》えるように、自分の頬を両手で軽く叩《たた》いた。

「――うん。ではロッドくん、もう少し休憩したら行きましょうか」

ロッドは「ああ」と笑顔で答える。

そうして、三十分後。昼食をとり、いくらか体力も回復したところで、ロッド達《たち》は60階の探索を目指して出発することにした。

「ところで……ロッドくんが色々なアイテムを私に預けてくださるのは良いんですけど、なんだか使い道の難しそうなものも幾つかありませんか？」

「たとえば？　あ、その先、槍が突《つ》き出してくるから気を付けて」

地図を確認しながら注意すると、レイナは小さく悲鳴を上げて、ロッドに飛びついてくる。彼女の柔らかな胸の感触《かんしょく》が直接的に伝わってきて、ロッドの心臓が跳《は》ね上がった。

「あ！……ごめんなさい、つい」

慌《あわ》てて離れたレイナの手を、ロッドは掴んで引き寄せた。

「え、ロッドくん⁉」

「い、いや、それよりそっちの方にも落とし穴があるから」

「そうですか、助かりました。……ええと。ロッドくんに預けてもらった道具の話ですよね」

ロッドの隣《となり》に並んで歩きながら、レイナはわずかに顔を赤くしつつ言った。

「巻物《スクロール》がありましたよね。32階で拾ったという」

巻物とは、一見すると丸められた羊皮紙だが、開くと効果を発揮するアイテムだ。

室内の魔物を全て爆発《ばくはつ》させたり、眠《ねむ》らせたりするものから、使い手の体を透明《とうめい》にして敵に気付かれなくなったりと、色々と使い勝手が良い。

ただ、中には『なんの役に立つんだこれは？』と思うような代物《しろもの》も存在していた。

「ああ。『現在いる階層の床《ゆか》全てに、一定時間、罠を出現させる』だっけ」

「ええ、そうです。色々と考えたんですが、まだ有効的な使い方が思いつかなくて。《インフィニア・ストレイジ》のスキルがあればどれだけ鞄に詰め込んでも負担はないので、私としては構わないんですが。後は投げると爆発して、階層内の魔物を大量に呼び寄せる香玉《こうぎょく》とか。ロッドくんにはなにか考えがあるんですか？」

「いや全然ないけど」

「……ロッドくん？」

ロッドがあっさり答えると、レイナは責めるような目で見てきた。恐らくは、自分には窺《うかが》い知れないような目的があるのだと思っていたのだろう。

「ロッドくんが必要であると思ったのであれば良いのですが、適当になんでもかんでも渡《わた》されると、それはそれで困ります。鞄の中身が増えると、咄嗟《とっさ》の時にとるべき判断に時間がとられることもありますので」

「そ、それはそうなんだけど。一見してダメでも何かの役に立つこともあるかなって思うと、昔のオレを見ているようで捨てられないんだよな、そういうの。ごめん」

世間から切り捨てられたものにも、なにかの価値はあるはず。

つい、そう信じてしまうのだ。ロッドの【アンロック】が思わぬ力を秘《ひ》めていたように。

「……まあ、確かにそうですよね。ロッドくんの言うことも一理あります」

似たような境遇《きょうぐう》に居たレイナも、理解したように深く頷いた。

「ああ。その……きっとどこかの場面で使うこともあるよ。レイナが捨てた方が良いっていうなら、そうするけど」

アイテム管理はレイナの仕事である為、申し訳なく思いながらロッドが告げると、彼女はやがて仕方なさそうに微苦笑《びくしょう》する。

「いいですよ、そのままで。私も、ロッドくんの考えに賛成しますので」

「あ、ありがとう！　でもこれからは、レイナにも相談してからにするよ」

「そうして頂けると助かります。私達は、仲間なんですから」

「……仲間。そうだな」

ロッドは、レイナの言葉を何度も噛《か》み締めた。

出発する時にも感じたことだが、ようやく自分にも行動を共にする同志が出来たのだと

——そう思うだけで、無上の喜びがこみ上げてくる。

「二人で必ず、【勇《ゆう》なる御手《みて》】を大きくしような」

「ええ、もちろんです！」

二人で頷き合い、ロッド達は罠を避《さ》け、時折現れる魔物を倒《たお》しながら進んでいった。

そうして、しばらく経《た》った頃《ころ》。遠くの方で複数の人間が騒《さわ》ぐ声が聞こえて来る。

「……なんですかね？」

首を傾げるレイナに、ロッドは地図を確認しながら言った。

「60階の門番と誰《だれ》かが戦ってるんだろうな。そろそろ下への階層があるから」

予想通り、近付くにつれて、ロッド達はその光景をはっきりと目にするようにする。

荒野へ突然《とつぜん》に現れた祠《ほこら》のような建物には、下へ続く階段があった。

しかしその前に、冒険者たちを決して進ませんとして、異形が立ち塞《ふさ》がっている。

巨大な蛇《へび》だった。長い胴体《どうたい》にはびっしりとした鱗《うろこ》が生え、後ろの方には四つに分かれた尾《お》がある。頭の辺りが放射状に広がっており、濁《にご》った色の瞳を持つ一つ目と、裂《さ》かれるように開いた口には、二本の長い牙《きば》が生えていた。

「カオスコブラ。素早い動きと岩をも砕く強靭《きょうじん》な牙が特徴的《とくちょうてき》。噛まれると毒を注入されて、毒消し薬がなければ一週間以上は高熱と吐《は》き気《け》に襲《おそ》われる」

《管理者の地図》に掲載《けいさい》されている魔物の情報を見ながら、ロッドはレイナに説明した。

「聞いてはいましたが、戦い難《にく》そうな相手ですね……」

「まあ、60階ともなれば、さすがにな」

カオスコブラと戦っているのは、四人の冒険者だった。装備している武器や防具から察するに、二人が【戦士】、一人が【狩人】、最後の一人が補助アビリティの【探索士】だろう。前衛に後衛、補助が揃《そろ》っていて、パーティとしては基本ではあるが理想的な構成だ。

ただ、

「……ん？　戦士のように防御向きのアビリティが前衛二人で大丈夫《だいじょうぶ》なのか？」

「スキル・ルート的にそういう人が多いというだけで、攻撃に振ることもできますよ」

たとえば、とレイナは解説を始めた。

「戦士のスキルの一つである《クラッシャー》は、『相手の武器を無条件で破壊《はかい》することが出来る』という力を持っており、得物を使う魔物に対しては効果的です。更に《クラッシャー》の進化系である《ボディ・クラッシャー》は相手の防御力《ぼうぎょりょく》を下げる力が加算されており、頑丈《がんじょう》な体を持つ相手であっても容易に致命的《ちめいてき》な一撃《いちげき》を加えることもできます」

「ああ……確かに前に見た時、【戦士】のスキル・ルートにあったな。まだきちんと確認《かくにん》はしてなかった」

さすがにアビリティとスキルの種類が膨大《ぼうだい》過ぎて、ロッドも全てを把握《はあく》し切れてはいない。

「直接的な攻撃力《こうげきりょく》という意味では【剣士】などには及《およ》びませんが、それでも振る舞《ま》い方によっては【戦士】でも前線で十分すぎるほどの活躍《かつやく》をすることは可能です。その為《ため》、冒険者によっては、力と防御、それぞれの【戦士】をパーティに加えることもあるそうですね」

「なるほど。色々と便利そうだから、後でスキルを手に入れておこうかな」

実に勉強になるなと、ロッドは深く頷いた。

「それにしても……あの方達、レベルは高そうですが、倒せますかね。カオスコブラには《邪眼《じゃがん》》という厄介《やっかい》な能力があるそうですが」

「オレも《管理者の地図》に載《の》っていた情報で見たよ。目で見た相手をその場で昏倒《こんとう》させ、一度喰《く》らうと、しばらくは動けなくなるっていうやつだな」

戦闘不能に陥《おちい》れば尾で吹《ふ》き飛ばされるか、噛まれて毒を受け、そのまま敗北するだろう。

「見ただけで行動不能にされては、中々に対応が難しそうですね。ですが……」

「ああ。【紅蓮の迷宮】は既《すで》に突破されたダンジョン。つまり、カオスコブラは一度倒《たお》された魔物だ。攻略法《こうりゃくほう》は、存在してる」

十階ごとに現れる門番は、他の魔物と同様に、倒されても一定期間を置くと復活する。

ただ能力自体は同じである為、やり方さえ把握していれば、それほど苦戦することなく討伐《とうばつ》できることもあった。

「彼らもそれは――知っているはずだ」

冒険者達は連携《れんけい》をとりながら、カオスコブラを牽制《けんせい》しつつ、攻撃を加えていた。

だがその時、敵の目が怪《あや》しい輝きを宿す。《邪眼》を使う際の前動作だ。

素早く動いたのは、後方で待機していた【探索士】だった。鞄から球のようなものを取り出すと、勢いよくカオスコブラに投げつける。

空中で弾けたそれが、強烈な光を放った。

離れているロッドたちですら眩くなるようなそれを、カオスコブラは正面から受けた。

絶叫《ぜっきょう》が上がる。相手は一つしかない目を強く瞑《つぶ》り、大きく顔を背《そむ》けた。

「〈光球《フラッシュ・ボール》〉。アイテムを使って敵の視界を奪《うば》い、その間に倒すと」

レイナの分析《ぶんせき》に、ロッドは頷いた。

視力を失ったカオスコブラは暴れるように、手当《てあ》たり次第《しだい》に噛みついていく。

しかし60階まで到達《とうたつ》した冒険者であれば経験も豊富だ。そんな雑な攻撃に当たるわけもない。

二人の戦士が突っ込むと、手にもっていた大剣《たいけん》と鉄槌《てっつい》を手に跳《と》び上がった。

相手の頭蓋《ずがい》に向けて、己《おのれ》の武器を叩きこむ。

勝負は決まった——。

ロッドを含《ふく》むその場の誰もが、そう確信した。

「——ッ！」

その瞬間《しゅんかん》、二人の戦士の顔が強張《こわば》る。

カオスコブラが叫《さけ》ぶと共に、相手から光が放たれ、まともに浴びた冒険者たちの手から武器が零《こぼ》れ落ちた。

見ればどちらも白目を剥き、だらりと両手を下げている。

気を失っているのだ。

「……あれは⁉」

魔物の様子を観察していたロッドは驚愕《きょうがく》した。

頭が、生えている。

カオスコブラの分かれた尾の先から、それぞれ四つの蛇を思わせる顔が出来上がっていた。それが本体と同じように目を光らせて《邪眼》を使い、広範囲《こうはんい》に渡って光を放ったのだ。その結果、戦士たちの意識は奪い取られた。

同時に視力を取り戻《もど》したカオスコブラは頭を振り、丸太のような尾で戦士二人を弾《はじ》き飛ばした。

防御することも出来ず魔物の力に翻弄《ほんろう》され、二人は大きく吹き飛んで地面に落下する。

「ちょ、ちょっと、どういうこと⁉　カオスコブラがあんな習性もってるなんて聞いてないけど⁉」

【狩人】の冒険者が狼狽するが、それは【探索士】も同じことだった。

あまりに想定外の出来事に対応がまごつく中、残る二人もカオスコブラの《邪眼》を受けてその場に倒れる。

事が終わるとカオスコブラの尾の先にあった頭は引っ込《こ》んだ。恐らくは本体に光球を使われた時のみに現れるのだろう。

「……ロッドくん、今の、知っていましたか？」

「いや。ネルトガの仕業《しわざ》だ。あいつがカオスコブラを強化したんだと思う」

そうとしか考えられない。攻略法が確立されている魔物であることに油断する冒険者を狙ってのことだろう。

「ロッドくんの話にあった夜神《やしん》のことですか……どうします？　あれでは光球は使っても倒せそうにありませんが」

レイナの指摘《してき》に、ロッドは考え込《かんが》んだ。

（本体に光球を使っても尾の先に出る奴らが妨害《ぼうがい》する。かと言って、あいつらは本体の方が視界を奪われないと姿を見せない。通常のやり方では、打つ手なしか……）

なにか方法はないだろうか。ロッドは思考を巡《めぐ》らせる。

戦士の《グラン・ガードナー》なら《邪眼》を防げるが、あれも数秒程度しかもたない。解けたところをもう一度やられれば意味がなかった。

「一階で試したサンダー……じゃない《ヴォルテクス・ブレイク》ならいけるかもしれない」

《ステータス・アンロック》を使って器用を限界値まで上げれば、離れた場所からでもカオスコブラやその尾にある頭へ纏めて当てることが可能となる。

「ですがロッドくん、確かインスタントアローの発動条件は『敵の範囲《はんい》百メートル以内』だったはずですよね。相手との距離《きより》が開き過ぎると、そもそもスキルが使えません。しかし、先程確認《さきほどかくにん》したカオスコブラの《邪眼》が及ぶ範囲は、目算ですが百メートル以上はありました」

「さすがよく見てるな。その通り。離れていては攻撃できない、かと言って近づけば相手からの攻撃を喰《く》らう、か……」

ならばどうすべきか――と模索《もさく》していたロッドは、

「……あ」

ふと、妙案《みょうあん》を思いついた。

「あれが使えるかもしれない。悪い、レイナ、〈光球〉と〈魔召香《デモン・フレグラ》〉をくれないか?」

「え? あのアイテムですか? いいですけど……」

レイナは鞄から二つのアイテムを呼び出し、ロッドに渡してくる。

後者は、先程、彼女との会話で出てきた『投擲《とうてき》すると爆発し、階層内の魔物を集める煙《けむり》を放出する』というものだ。

「〈光球〉はともかく、こんなもの、なんに使うんですか? カオスコブラですら強敵なのに、ここで余計な魔物まで集まってきたら」

「ここで待っててくれ。役に立たないアイテムなんてないって、オレが証明してやる」

ロッドは言うなり、疾走《しっそう》を始めた。

倒れている冒険者たちを乗り越《こ》えて、カオスコブラに向けて直進する。

相手はロッドの接近に気付いて、鎌首《かまくび》をもたげた。

「まずは――これだ」

ロッドは手に持っていた、袋状《ふくろじょう》の〈魔召香〉を投げつけた。

空中で爆発したアイテムが、カオスコブラの周囲に濃厚《のうこう》な紫色《むらさきいろ》の霧《きり》を立ち込めさせる。

相手は一瞬だけ警戒《けいかい》するように身を竦《すく》めたが、霧自体には何の力もないことにいち早く気付いて、目の前まできたロッドに喰らいついてくる。

「覚醒《かくせい》しろ、〈武神《ぶじん》の剣《けん》〉！」

武神の剣を抜《ぬ》き、効果の発動条件であるソウルを一つ消費。

ロッドは、導かれるままに次々繰り出される敵の攻撃を全てかわしていった。

隙をついて相手の頭を切りつけ、振《ふ》り払《はら》われる尾を刃《やいば》で防ぎ、そのまま受け流す。

そうこうしている内に、ロッドの耳が、遠くから近づいてくる轟音《ごうおん》を捉《とら》えた。

（……そろそろか）

そこで、いつまで経っても獲物《えもの》を捉えきれないことに苛立《いらだ》ちを覚えたのか、カオスコブラはその目を怪しく光らせる。

ロッドはすかさず、懐から取り出した〈光球〉を投げつけた。

自らの目がやられないよう視界を腕《うで》で庇《かば》った直後、小さな破裂音《はれつおん》と共に、極《きわ》めて強い輝きが広い階層内を照らし出す。

カオスコブラが耳障《みみざわ》りな鳴き声を上げ、その目を閉じた。

同時に尾の先から四つの頭が現れ、即座《そくざ》に《邪眼》を発動しようとする。

が――相手はその時、周りで起こりつつある異変に気付いて動きを止めた。

「お客さんが到着《とうちゃく》したみたいだ。対応よろしく頼《たの》む！」

ロッドが視線をやると、四方八方から、群衆が押《お》し寄せて来るところだ。

種類は様々だが、全てこの階層に徘徊《はいかい》する魔物《まもの》だった。

先程使われたアイテムから発する煙に惹《ひ》かれてきたのである。

ロッドが地を蹴《け》って大きく退避《たいひ》するのと、大量の魔物達《たち》が集結し、カオスコブラに群がるのは同時だった。

正確にはその周辺に纏わりつく煙に、ではあるが、同じことだ。

カオスコブラは怒るように鳴き声を上げながら、魔物たちを振り払おうとするが、あまりに数が多過ぎる。

更にはカオスコブラが何度も《邪眼》を放つが——当たるのは、周囲に群がる魔物たちだった。集団の体が盾《たて》となって、ロッドには全く届いていない。

「これを狙っていたんですか！　ロッドくん！　弓を！」

レイナが、事前にロッドが預けていた弓を鞄から呼び出し、投げてきた。

「ありがとう！　そこで待機していてくれ！」

ロッドは弓を受け止めると、弦を引きながら叫んだ。

「全部まとめて、倒す！」

同時に、複数のスキルを一度に発動する。

瞬《また》く間《ま》に、ロッドは尋常ならざる雷撃《らいげき》の矢を幾《いく》つも顕現《けんげん》させ、周囲に天が嘶《いなな》くような轟音を響《ひび》かせた。

「《ステータス・アンロック》器用解放。——《ヴォルテクス・ブレイク》ッ！」

ロッドは最大の膂力《りょりょく》で弦を引き、矢を一気に討《う》ち放った。

大気を打ち砕《くだ》きながら魔物達に迫《せま》る雷は、さながら、黄金の隼《はやぶさ》が群れを成すが如く。

魔物たちの強靭な体など物ともせず、その嘴《くちばし》をもって容赦《ようしゃ》なく、苛烈《かれつ》に、凄まじい勢いで撃《う》ち貫《つらぬ》いていった。

絶叫が幾度《いくど》も迸《ほとばし》り、紫色の血が大量に噴き出す。

無論、魔物達の中心にいたカオスコブラとて例外ではなかった。

本体だけでなく、尾にある頭も余さず、全て射貫《いぬ》かれる。

それらは雷撃に焼き焦《こ》がされ、意識を失ったようにバラバラの方向に倒れていった。

「止めだ……！」

ロッドは弓を投げ、鞘《さや》に納めていた武神の剣を再び抜くと突貫《とっかん》した。

《邪眼》によって倒れ込んでいる魔物達を足場にして跳び上がり、カオスコブラに向けて剣を掲《かか》げる。

瀕死《ひんし》の状態となって身動きのとれない本体の頭を狙って、ロッドは全身全霊《ぜんしんぜんれい》を賭《か》けて剣を振り落とした――。

「――ッ！」

その刹那。瞠目《どうもく》する。

カオスコブラの尾から、もう一つの頭が生え、その目をロッドに向けたのだ。

（まだあったのか……!?）

跳躍《ちょうやく》している以上、身動きがとれない。一旦攻撃《いったんこうげき》を止めてスキルで防御《ぼうぎょ》するべきかの迷いが生じた。

そうこうしている内に、カオスコブラの尾に生えた頭が、《邪眼》の前動作をとる。

しかし――その直前。

「危ない……！」

レイナの声と共に、ロッドの視界に、なにか小さなものが飛び込んできた。

「これは……」

ロッドが驚《おどろ》くのと、《邪眼》の光が放たれたのは、ほぼ同時だった。

光線はまっすぐとロッドに向かい――その前に、先程現れたある物に、阻《はば》まれる。

木で出来た不細工な代物。〈犠牲の人形〉である。

ロッドの代わりに攻撃を受けたアイテムが、勢いよく弾け飛んだ。

その間に、ロッドは落下速度に身を任せるまま、カオスコブラに剣を叩きつける。

頭蓋から胴体に至るまで止まることなく切り裂いた一撃は、相手の体を真っ二つに引き裂いた。

左右に分かれた魔物の体が、そのまま地面に倒れていく。

さすがに本体が絶命すれば尾の方も意識を保てないのか、五本目の頭も力を失ったように仰《の》け反《ぞ》ったまま、微動《びどう》だにしなくなった。

ロッドは着地し、剣を鞘へと納める。

「……討伐完了《とうばつかんりょう》」

どうなることかと思ったが、無事に潜《くぐ》り抜けることは出来たようだ。

が、ロッドはすぐに慌てることになる。

「ロッドくん！」

走り寄って来たレイナが、躊躇《ためら》いなく抱《だ》きついてきたからだ。

「やりましたね……！　あのアイテムを使って、あんな風に倒すなんて。さすがです！」

「あ、ありがとう、だけどあの、レイナ？　ちょっと、なんていうか……」

近い。近すぎる。あと色々と柔《やわ》らかいしあったかいし、体が熱くなって心臓が爆発しそ

うで色々と危険過ぎる。

「え？……あ、ごめんなさい」

ようやく自分のやったことに気付いたのだろう。レイナは弾かれたように離れた。

気まずそうに背けた横顔が、わずかに赤く染まる。

「すみません。嬉《うれ》しくて、つい……不愉快《ふゆかい》でしたら謝《あやま》ります」

「い、いやいやいや、全然不愉快じゃないから。でも、レイナもありがとう。君が犠牲の人形を使ってくれたおかげで、攻撃の手を止めずに済んだ」

「あ……いえ、父が昔、言っていたんです。魔物は瀕死の時こそ起死回生の手を隠しているものだって。だから、もしもの時に備えて対応出来るように構えていて、頭が一つであればこのアイテムで防げると思って咄嗟に……」

「さすがの判断力だよ。アイテムを君に任せていて良かった」

「……私もロッドくんを助けられて良かったです」

レイナはしばらくロッドと見つめ合っていたが、やがて、はっとしたような顔で、何かの感情を誤魔化《ごまか》すように大きく咳払《せきばら》いした。

「と、ところで。あの人たち、大丈夫でしょうか？」

レイナに指摘され、ロッドは振り返った。カオスコブラと戦っていた冒険者《ぼうけんしゃ》たちが、あちこちで倒れ伏している。

「ああ。カオスコブラの《邪眼》は一定時間経つと効果が切れるから。彼《かれ》らはここにいる魔物達より先に攻撃を受けていたし、先に目を覚めてこの状況《じょうきょう》を見れば、逃《に》げ出すさ」

「そういうことですか。なら、安心ですね」

「うん。オレたちもそろそろ下に降りよう。魔物達が覚醒すると厄介だ」

尤《もっと》もだ、とばかりにレイナは頷き、ロッドは彼女と共に、門番のいない階段へ向かう。

こうして波乱がありつつも、ロッドたちは60階を無事に攻略《こうりゃく》したのだった。


冒険者ロッドが新米にとっての『第一の壁《かべ》』を越えてから、数週間ほど。

その名は、界隈内《かいわいない》で着実に広まりつつあった。

資格を取ってから一カ月半という短い期間、それも単独での【紅蓮の迷宮】30階突破《とっぱ》。

異例のE級からB級への飛び級昇格《しょうかく》。

更《さら》にその後も仲間を一人増やしただけで60階の門番を倒し、既に現在は70階にまで到達しているという、前例なき攻略速度。

数々の功績を上げ続ける彼に、今や、全ての冒険者が注目しているといっても過言ではなかった。

更に、彼の所属しているギルド【勇なる御手】があのSS級冒険者であったライゼンのものであったことから、その遺志を継《つ》ぐ者としてにわかに盛り上がりを見せている。いずれギルドが再開された際、多くの冒険者が所属を希望することは、もはや明白であった。

彼ならば、ライゼンの持つ【紅蓮の迷宮】最速攻略記録《さいそくこうりゃく》である四カ月を大きく超《こ》えることも夢ではない。ひいては、目下攻略中である【蒼煉】や【翠宝《りょくほう》】すらも制覇《せいは》できるだろう。巷《ちまた》では、そのような話でもちきりである。

五大迷宮《エレメント・ダンジョン》の攻略が進むことは、冒険者の皆《みな》にとっても益のあることだった。

ダンジョン内の構造や宝の位置、魔物や罠《わな》の種類。そういったことが明らかになればなるほど、探索《たんさく》が効率的に行えるからだ。

特に最近は解放されているダンジョンの難易度が急に上がっており、更新《こうしん》された魔物や罠の情報の共有は誰もが切望している。

その為、ロッドの活躍に関して冒険者達は好意的に捉え、歓迎《かんげい》していた。

ごく一部を除いて、の話だが。

「……死ね。死ね死ね死ね死ね死ね死ね死ね死ね死ね死ね――」

【紅蓮の迷宮】15階。

S級冒険者フィンは同じ言葉を呟《つぶや》きながら、スキルによって生み出された二本の剣を手当たり次第に振り回していた。

15階は魔物の強さもそれ以前と比べて一段階上がり、仕掛けられている罠の種類も増える。だがS級の資格を持つフィンにとっては、どうということもないものばかりだ。

曲がり角や天井《てんじょう》、暗がりから襲い掛《か》かってくる様々な魔物を、次々と薙《な》ぎ倒していく。

得られるソウルは、フィンのレベルからすればほんのわずかだ。なんの足しにもならない。だがそんなことはどうでもよかった。

これは、単なる憂《う》さ晴《ば》らしなのだ。

「ロッド……ッ！」

フィンは憎《にく》しみを込めた一言を、ダンジョンの暗がりに向かって吐き捨てた。

(あのガキが……！ 僕《ぼく》の後ろに隠れるしかなかった臆病《おくびょう》な新米が！ 生きて帰還《きかん》しただけでなく、今や英雄扱《えいゆうあつか》いだと……!?)

正面から迫る蛙型《かえるがた》の魔物デスフロッグを炎《ほのお》の剣で焼き、罠を踏《ふ》んで飛んで来る矢を風の剣で吹き飛ばす。だがいくらやっても、精神が休まることはなかった。

ここ最近、どこに居ても聞くのはロッドの噂《うわさ》ばかりだ。

称号《しょうごう》はB級にもかかわらず、同業者内での扱《あつか》いは既にS級——いや、SS級にすら相当するかもしれない。

これまでフィンの姿を見るだけで目を輝《かがや》かせていた奴《やつ》らも、今ではロッドに夢中で、見向きもしなかった。

仲間たちはロッドの評判にすっかり及び腰《ごし》で、今からでも謝りに行った方がいいのではないかと打診《だしん》してくる始末だ。

【アンロック】のアビリティ持ち如きに怯《おび》える必要などないとフィンが諭《さと》すと、彼らは、役立たずなはずのロッドがこれほどまでの功績を出せるはずがない、なにかの方法で強い力を手に入れたのだと反論してきた。

更に、もし恨《うら》まれていたら復讐《ふくしゅう》されるかもしれない、今の内に頭を下げるべきだと、フィンに迫って来さえする。

思い出すだけで、はらわたが煮《に》えくり返る思いに囚《とら》われた。

あのまま仲間達の傍に居たら殴《なぐ》りかかってしまいそうで、一人、【紅蓮の迷宮】の低階層にまで来て魔物相手に八つ当たりをしている。

（30階を僕より早く抜けただけでなく、既に70階だって……!?　いくら【紅蓮の迷宮】だとしても、あんな低級アビリティ持ちにそんなことが出来るはずない！）

どうせ何か卑怯《ひきょう》な方法でも使ったのだ。そうに違《ちが》いない。

だが――どうすればそんなことが可能なのか、フィンには見当もつかなかった。

「数カ月前までダンジョンを歩くだけでビクついていた奴に、なにが……！」

まるで理解が出来ない。理解が出来ないからこそ、ロッドを貶《おとし》める方法が見つからず、苛立ちは募《つの》るばかりだった。

「なにか特別なアイテムでも使ったのか？　それとも、【アンロック】のルートに隠されたスキルが……？」

ぶつぶつと呟きながら、歩き続ける。答える者などいない。虚《むな》しい独り言。

だが――。

「いくら考えたところで、お前などには分かるまいよ」

その時、返る言葉があった。

前方から聞こえた、男とも女ともとれる奇妙《きみよう》な声に、フィンは剣の切っ先を向ける。

「……誰だ⁉」

「返す返すも愚《おろ》かな奴だ。そもそものロッドをハメたのはお前だろうに。おかげで奴に必要のない力を与《あた》えることになり、今や立場は逆転。奴は冒険者にとって羨望《せんぼう》の的となり、お前は出来ることもなく、薄暗《うすぐら》いダンジョンで弱い者いじめか。ああ、愚か、愚か。まさに、滑稽《こっけい》だ」

「黙《だま》れ……ッ！　誰だと訊《き》いているんだ！」

触《さわ》られたくもない傷を抉《えぐ》られ、更には馬鹿にされたことに我慢《がまん》ならなくなり、フィンは声を荒《あら》らげた。

「お前如きが耳にしていい名ではないが、まあ、いい。用向きがある以上は答えてやろう。我の名は――ネルトガ」

ゆらり、と。

まるで闇《やみ》そのものが命に従い退くようにして、相手の姿を浮《う》かび上がらせる。

漆黒《しっこく》のローブを身に纏《まと》い、口元だけを晒《さら》したその外見からは、年齢《ねんれい》はおろか性別すらも窺い知ることは出来なかった。

「ネルトガ……？」

聞いたことない名だ。フィンが眉《まゆ》を顰《ひそ》めていると、ネルトガと名乗ったその人物は呆《あき》れたように長い息をついた。

「時が経つとはげにも悲しきものよ。我の名を知らぬ者がいるとはな」

「……ふん。誰だか知らないが今の僕に不用意な態度をとると、無事では済まないぞ」

「ほう。どうなるというのだ？」

「――こうなるんだよ！」

言うが早いか、フィンはネルトガに向かって飛びかかった。

二本の剣を同時に振るい、その身を切り裂こうとする。

しかし、

「だから愚かだというのだ、お前は」

ネルトガが無造作に手を翳《かざ》した瞬間、フィンはまるで動けなくなった。

「がっ……あぁ……⁉」

周囲の暗闇《くらやみ》が生き物のように動き、フィンにまとわりついて拘束《こうそく》し始めたのだ。

四肢《しし》だけでなく口まで塞がれて、物さえ言えなくなる。

「相手の力量も見極《みきわ》めず不用意に突っ込む。自分は強いという自負故の傲慢《ごうまん》さか。人間とはやはり、かくも取るに足らない生き物よ」

呼吸すら出来ず、徐々《じょじょ》に息苦しさを覚え始めるフィンに、ネルトガは近付いてきた。

「だが、まあ、どうせならロッドに因縁《いんねん》ある者を使う方が、見世物としては面白《おもしろ》い。フィン、我の余興を盛り上げる道具となれ」

「……ぐ……が……」

喋《しゃべ》ろうとも喋れない。もどかしさにフィンが暴れていると、ネルトガは指を振った。

口元の闇が薄《うす》れ、ようやく空気を取り込めるようになる。

「だ、誰が、君みたいな奴の……！」

「言葉には気を付けろ、虫が」

ネルトガが告げると共に、四肢を縛《しば》る闇が力を増した。

両手両足が嫌《いや》な音で軋《きし》み、フィンは悲鳴を上げる。

「これは交渉《こうしょう》ではない。お前が選べるのは従うか、死ぬか。そのどちらかでしかない」

「ああ……あああああああああああああああああああっ！」

フィンが激しい痛みに悶《もだ》え苦しむ様を、ネルトガはこの上なく面白そうに眺《なが》めた。

「安心しろ。道具になると言っても、ただ傀儡《かいらい》となるわけではない。与えてやろうではないか——お前が望む、力を」

その言葉に、フィンは目を見開く。

「ちか……ら……？」

「そう。力だ。人間如きには勿体《もったい》のないことだぞ。どうだ。もう一度だけ尋《たず》ねてやる」

遥《はる》か高みから、見下すような口調だった。

いつものフィンであれば反発し、決して耳を貸さないだろう。

しかし目の前の人物には、どこか逆らえない雰囲気《ふんいき》があった。

全てを超越《ちょうえつ》し、あらゆるものを足蹴《あしげ》にして尚《なお》、許されるというような。

故にこそ。

「従うか。それとも、ここで死ぬか？」

ネルトガの、最後通告とも言うべき問いかけに――。

一瞬《いっしゅん》の沈黙《ちんもく》を挟《はさ》んで、フィンは、答えた。


犬の頭に人間の体を持つ魔物、コボルトはらんぐい歯を剥《む》き出しに、殺意を迸らせていた。

「スキル発動――」

ロッドは飛びかかり様、コボルトに向かって拳《こぶし》を振り上げる。

「――《フィスト・エクスプロード》ッ！」

殴打《おうだ》。

直後、膨大な爆発《ばくはつ》が巻き起こった。

あまりの衝撃《しょうげき》にロッドの体は背後へと吹き飛ばされる。

「ロッドくん！　大丈夫ですか⁉」

血相を変えて駆《か》け寄ってくるレイナに、ロッドは顔をしかめながらも体を起こした。

「あ、ああ、なんともないよ。ちょっと予想以上の威力《いりょく》だったけど」

レイナが差し出してきた手を握《にぎ》って立ち上がりながら、ロッドはスキルを喰らわせた相手を見る。

コボルトの全身は焼け焦げ、炭化している箇所《かしょ》すら幾つかあった。

低階層の魔物とは言え、自分でやっておいていささか冷《ひ》や汗《あせ》を掻《か》くほどの結果だ。

《フィスト・エクスプロード》――『素手《すで》による攻撃《こうげき》を当てた対象を爆発させる』という【武闘家】の上位スキルだ。

「次に行く80階の門番がとにかく硬《かた》い上、延々と追いかけてくるって情報があったから、もしもの時に備えて攻撃力のありそうなものを手に入れていたんだけど。すごいな、これ」

「ええ。ギルドに居た【武闘家】の方々が皆、このスキルの取得を目指すというのも納得《なっとく》ですね」

【武闘家】は近接戦闘《せんとう》系のアビリティだが、基本ステータスが他よりも高い代わりに、武器を持つとそれらが下がってしまうという特性を持っていた。

その為、アビリティを授《さず》かった者は皆、素手による戦闘を行うことがほとんどだ。

スキルも身体能力を特化させるものばかりで、魔法《まほう》のように属性的な攻撃を出来るものはあまりない。

そこにきて《フィスト・エクスプロード》は爆破《ばくは》効果を持つ稀少《きしょう》な力である為、【武闘家】の皆がこぞって手に入れようとするのである。

「耐久力《たいきゅうりょく》のある魔物には効果的だとは思うけど、ただ、これで通じるかな」

「どうでしょうね。実際に戦った方の話によると、生半可なスキルは通じないようですが」

「うーん。念《ねん》の為、更に威力を増したいところだけど……なにか良い方法はないかな。こう、相乗効果でスキルの威力を瞬間的《しゅんかんてき》に増幅《ぞうふく》させるとか、そういうのが出来ればいいんだけど」

　使えるスキルが無いかと、ロッドは《全知の眼》でルートを調べた。

「とは言え、手持ちのソウルと合わせるとそこまでの数は手に入れられないし……」

《フィスト・エクスプロード》を解放するのにソウルをかなり要求されたので、貯蓄《ちょちく》はあまり残されていなかった
「……ロッドくん。確か《スロウ・スタン》というスキルを持っていましたよね」

　そこで、レイナがふと思いついたように呟く。

「ん？　ああ、うん。【探索士】のやつだな」

　罠《トラップ》系で、効果の及んだ場所を踏んだ相手の攻撃発動速度を遅《おく》らせる力をもっていた。近接行動を鈍《にぶ》らせる以外にも、魔物の中には魔法に似た、遠距離《えんきょり》での攻撃を仕《し》掛けて来る者もいる。それが生じる時間を遅延《ちえん》させることで、隙《すき》をつくことが出来るという仕掛けだ。

「あれ、使えませんか。上手《うま》くやれば、かなり攻撃力を上げられるかもしれません」

「……というと？」

ロッドが首を傾《かし》げると、レイナが自身の考えを話し始めた。

その内容を聞き、ロッドは感嘆《かんたん》の息を吐く。

「なるほどな……面白い発想するな、レイナ」

「……上手くいきそうですか？」

レイナの問いに対して、ロッドは微笑《ほほえ》む。

「ああ。いけそうだ。やってみよう」

「了解《りょうかい》です。でも成功すればかなりのものになるので、防御が必要になりそうですね」

「そうだな。対処法は用意しておこう。使えるアイテムがあったはず」

「ええ、いざという時は、任せて下さい」

頼《たよ》りがいのある微笑みと共に胸に手を当てたレイナに、ロッドは頷《うなず》いた。

「頼んだ。それじゃあ――80階に、挑《いど》むとしようか」


階段から降り立ち、開口一番、レイナは呟いた。

「変、ですね……」

「ああ。変だな」

ロッドも同意して、《管理者の地図》を開く。

【紅蓮の迷宮】の80階。

ロッド達《たち》の目の前にあるのは、長々と続く一本の廊下《ろうか》だった。

左右には白い石壁《いしかべ》が続き、高い天井近くには硝子窓《ガラスまど》が嵌《は》め込まれている。

足元には厚手の、赤い、金糸で複雑な模様が縫《ぬ》われた絨毯《じゅうたん》が敷《し》かれていた。

廊下の壁に規則的な感覚を持って並べられているのは、頑丈な鋼で造られた全身鎧《ぜんしんよろい》達だ。

一瞬警戒《いっしゅんけいかい》したが、動く気配はない。ただの飾《かざ》りのようだった。

まるで、絵物語の中に出てくる王城に居るようだ。

とてもではないが、ダンジョンの内部とは思えない。

ただ、それ自体はどうということはなかった。【紅蓮の迷宮】の深い階層において、こういった場所が現れるのは珍《めずら》しくない。

ロッド達が不可解に思っているのは、階層の在り方そのものにあった。

構造自体はそう複雑なものではない。道は幾つかに分かれており、行き止まりになっている箇所もあるが、迷う程《ほど》ではなかった。しかし、

「魔物が居ない。罠もないな」

80階の地図を確認《かくにん》していたロッドは眉を顰めた。

「やはり、そうですよね。今まで入り口に立つだけで変な鳴き声とか、唸《うな》り声が聞こえてきていたのに、ここではまるで何の音もしません」

レイナが首を傾げるのに、ロッドは頷く。

「今までこんなことなかったな。どういうことなんだ」

「……優《やさ》し過ぎて逆に不気味ですね」

確かに、レイナの言う通りだった。

1階から始まり、特に30階以降は面倒《めんどう》な階層ばかりだったのだ。

魔物もそうだが、罠もどんどん凶悪《きょうあく》になってきて、更にはネルトガの改造を受けている為《ため》に攻略には困難を極めた。

それを、ロッドとレイナは力を合わせて潜り抜けて来たのだが、そこにきてこれは一体どういうことなのだろうか。

「恐《おそ》らく何かあるんだろうけど……とりあえず進んでみるか」

ここで議論を交《か》わしていても始まらない。

ひとまず、ロッドとレイナは歩き始めた。

絨毯のせいで足音もせず、ひたすらに静寂《せいじゃく》だけが続いている。しばらく行くと、廊下が左右に分かれていた。

ロッドは地図に従い、81階へ続く階段へ辿《たど》り着くには近道となる、右を選んだ。

「……ん？」

しかし、曲がったところで足を止める。

奇妙な物体が廊下の真ん中に鎮座《ちんざ》していた。

銅像だ。

ローブを纏った女性の姿をしており、目を瞑《つぶ》り、穏《おだ》やかな笑《え》みを湛《たた》えている。

「随分《ずいぶん》と巨大《きょだい》ですね。完全に道を塞《ふさ》いでいます。もしかして……」

「……ああ」

ロッドはすぐさま《管理者の地図》を発動し、80階の地図を調べた。

果たしてそこには――。

『インステント・メイデン：銅像の形をした魔物。目にした者を戦闘不能にするまで追いかけ攻撃する。隠《かく》し通路を除く、階層の構造全てを認識《にんしき》し動く為、引きつけて壁に衝突《しょうとつ》させるなどは不可能。物理と魔法、双方《そうほう》に対して耐性《たいせい》がある為、討伐《とうばつ》するのは困難。弱点は特になし』

予想通りの内容が、あった。

直後。銅像が、小刻みに動き始めた。

地震《じしん》でもあったのかと思ったが、他の、たとえば全身鎧の飾りなどは揺《ゆ》れていなかった。

「来るぞ、レイナ。あいつが――」

銅像の目が、大きく開かれた。

双眸《そうぼう》はそのまま、まるで怒《おこ》るように左右へと吊《つ》り上がっていき、次いで派手な音を立てる。銅像の左右から二本ずつ、合計で四本の腕が生えた。しかもその手には、剣、槍《やり》、斧《おの》、鉄槌《てっつい》と武器が握られている。

「――あいつが、この階層の門番だ！」

ロッドの叫《さけ》びへ呼応するようにして、銅像の下半身が少し浮いた。

その下には、無数の足のようなものが生えており――。

超高速《ちょうこうそく》で移動し、ロッドたちに迫って来る。

「他の魔物や罠がないのも納得ですね。あれだけ大きい魔物が追いかけて来たら、全部潰《つぶ》してしまいます！」

「ああ。《管理者の地図》の情報によれば物理も魔法も効きにくいみたいだし、あれだけの大きさだ。話で聞いてた通り、門番がここに居る以上、この階層はひたすら逃げ続けて下への階段へ辿り着くのが正攻法《せいこうほう》だな」

「ええ。ひとまずは、私達も倣《なら》いましょう。戦わずに下へ行けるのであれば、それに越したことはありません！」

ロッドはレイナに対して頷き、彼女《かのじょ》と共に全速力で反対方向に駆け出した。

銅像は背後から間断なく鈍い足音を立てながら、追ってくる。

ロッドは階層の地図を確認しながら、レイナと共に角を曲がって行った。

しかし、尚も銅像はついてくる。《管理者の地図》にも載《の》っていたが、独自の判断をして延々とついてくる仕様になっているようだ。

「ロッドくん、階段は⁉」

「もう少しだ！　こっちの角を曲がれば――！」

ロッドは、目の前にある道を左に曲がろうとした。

しかし、その刹那《せつな》。

強敵と何度も対峙《たいじ》してきたロッドの、本能というべきものが反応した。

背筋がぞわりと粟立つのを感じる。

「レイナ！　伏《ふ》せろッ！」

ロッドがその場に倒《たお》れると、レイナは「ええっ？」と戸惑《とまど》いながらも続く。

直後、頭上を轟音と共に巨大な光線が通り過ぎた。

それは目の前にあった壁に激突《げきとつ》し、破壊《はかい》。瓦礫《がれき》を舞《ま》い上げ、道を完全に塞いでしまう。

ロッドが顔を後ろに向けると、銅像の口が開いており、残滓《ざんし》ともいうべき光の粒子《りゅうし》が散っていくところだった。

「遠距離《えんきょり》攻撃《こうげき》までしてくるなんて、厄介《やっかい》な……」

レイナが顔を青ざめさせるのに合わせ、ロッドは嘆息《たんそく》する。

「《管理者の地図》に今の攻撃方法が載っていなかったってことは、ネルトガに強化されたのか……仕方ない。あいつを壊《こわ》すしかなさそうだ」

「なにかアイテム、使います？」

立ち上がり、銅像と向かい合ったロッドに、レイナが尋ねて来る。

「いや、事前に手に入れたスキルもあるし、とりあえずオレだけでなんとかしてみる」

武神の剣を抜いたロッドから殺気を感じ取ったのか、門番も身構えるように、一旦《いったん》停止した。

「レイナは待機していてくれ！　行ってくる！」

ロッドが床《ゆか》を蹴りつけるのと同時、銅像も動き始める。

相手に肉薄《にくはく》したロッドは、即座に攻撃を開始した。

武神の剣の効果を発動し、導かれるまま、高速の連打を打ち込《こ》み続ける。

しかし相手は手に持った武器で、ロッドの剣を平然と受け止めた。

階層中に響くような甲高《かんだか》い音を連続的に発生させながら、わずかな乱れもなく防御し続ける。

その間に向こうからもあらゆる角度から攻勢《こうせい》をかけられるが、ロッド自身も武神の剣との連携《れんけい》で全てを弾《はじ》き飛ばした。

（さすがに硬いか……ならこれだ！）

ロッドは別の力を発動する。

「《クラッシャー》ッ！」

ここへ来るまでの道中で解放したスキルの一つ。『相手の武器を無条件で破壊する』という戦士スキルの効果によって、まずは銅像が持っていた得物を全て砕き割った。

無防備になった体に向けて腕を引き、更に叫ぶ。

「《マスト・ラッシュ》！」

一秒間に数百発という高速の突《つ》きを連打し、相手を大きく吹《ふ》き飛ばした。

銅像は床を無造作に転がり、仰向《あおむ》けになる。

すかさずロッドは疾走《しっそう》すると、跳《と》び上がり、剣《けん》を鞘に納めた。

拳を高々と振《ふ》り上げ、高らかに叫ぶ。

「《フィスト・エクスプロード》！」

ロッドが拳を叩《たた》きつけた瞬間《しゅんかん》、轟音《ごうおん》と共にインステント・メイデンの体が炎上《えんじょう》した。

素早《すばや》く距離《きょり》を取ると、銅像の巨大な体は、濛々《もうもう》と立ち込める黒煙《こくえん》に包まれる。

が――次の瞬間、ロッドは瞠目した。

煙《けむり》を振り払《はら》いながら、インステント・メイデンが突っ込んできたからだ。

急ぎ横手に転がったロッドは、先程《さきほど》まで自分の居た場所に相手の攻撃が叩きこまれ、床が大きく陥没《かんぼつ》するのを見た。

「……《フィスト・エクスプロード》を喰《く》らって、この程度か」

相手の体には所々焼《や》け焦げた跡《あと》があるものの、目立った傷は見当たらない。

「だったら、奥《おく》の手《て》だ。レイナ、例の複合スキルを使う！〈不可侵の光陣《ホーリー・サークル》〉を用意しておいてくれ！」

使用した半径数メートルを、防御効果のある障壁《しょうへき》で囲うアイテムだ。ロッドの使う《グラン・ガードナー》とまではいかないが、持続時間が長く、効果範囲《はんい》が広い。

「分かりました！　存分にやって下さい！」

レイナは答えながら、すぐ様に鞄《かばん》を呼び出し指定されたアイテムを取り出した。

「ああ。少し、派手にいくッ！」

言うが早いかロッドは飛び出し、インステント・メイデンへと向かった。

「《スロウ・スタン》！」

ロッドの叫びと共に、目の前にある床の一部が仄《ほの》かに光《ひか》り輝き、すぐに消失する。

本来は、敵が踏むことを前提としたトラップ・スキルだ。

「《ステータス・アンロック》。速度解放！」

しかしロッドは世界の法則から逃《のが》れた体で高速を刻みながら、それを自らの足で踏んだ。

『注意。スロウ・スタンが影響中《えいきょうちゅう》。対象者のスキル発動時間が2秒遅れます』

現れた文章を横目に、インスタント・メイデンへと接近。

相手がゆっくりとその手を振り下ろすより先に、行動を開始した。

「《フィスト・エクスプロード》ッ！」

拳を叩きつけるが、何の現象も生じない。スロウ・スタンの効果が持続している為だ。

だが、それこそがロッドの狙《ねら》いだった。

「《フィスト・エクスプロード》！」

更にもう一撃《いちげき》。

「《フィスト・エクスプロード》！」

続けて三撃目。

「《フィスト・エクスプロード》《フィスト・エクスプロード》《フィスト・エクスプロード》

《フィスト・エクスプロード》《フィスト・エクスプロード》《フィスト・エクスプロード》《フィスト・エクスプロード》《フィスト・エクスプロード》《フィスト・エクスプロード》《フィスト・エクスプロード》《フィスト・エクスプロード》《フィスト・エクスプロード》《フィスト・エクスプロード》《フィスト・エクスプロード》――」

三撃、四撃、五撃、六撃、七撃、八撃、九撃、十撃――。

ロッドは最初に打ち込んだスキルが発動する二秒間の間に、限界値を突破したステータスを使い、猛烈《もうれつ》な勢いで同じ力を使い続ける。

そして、

「――《フィスト・エクスプロード》ッ！」

実に五十撃目となるスキルによってインステント・メイデンを殴打した。

「《ラグナロク・フィスト》だ！　存分に味わえ！」

ロッドがレイナ発案の複合スキル名を告げるのと同時、《ステータス・アンロック》の効果が切れた。即座《そくざ》に、その場から退避《たいひ》する。

「《不可侵の光陣》を使います！」

ロッドが傍《そば》に降り立ったのを確認して、レイナが、手に持っていた宝石が埋《う》め込まれた金属製の板を床に設置した。

宝石が輝き、起動したアイテムが瞬《また》く間にロッド達の周囲を半透明《はんとうめい》の障壁で覆《おお》っていく。

「耳を塞いで！」

ロッドはレイナに言って、自身の耳に両手を当てた。

正に、その瞬間。

ロッド達に向かって走り出したインステント・メイデンの体から、火が噴《ふ》き出した。

――刹那、立て続けに爆裂炎上《ばくれつえんじょう》する。

その威力は、先程ロッドが使ったものとは比べ物にならない。

広いダンジョン内を埋め尽《つ》くすような規模によって、紅蓮の焔《ほのお》が膨《ふく》れ上がった。

地響《じひび》きが起こるほどの強さで建物内が激しく揺れ、炎だけでなく猛烈な衝撃波《しょうげきは》が周囲に撒き散り、壁に亀裂《きれつ》を走らせ、砕《くだ》き、天井を割る。

まるで巨大な隕石《いんせき》でも落下したかのような、壮絶《そうぜつ》な現象。

《スロウ・スタン》によって留《とど》められていた五十発分の《フィスト・エクスプロード》が一斉《いっせい》に発動した、凄《すさ》まじい光景だった。

そうして、全てが終わった時。

ロッド達の目の前には、粉微塵《こなみじん》となったインステント・メイデンの残骸《ざんがい》があるだけだった。

「…………」

アイテムの力で、ロッド達は傷一つない。

だがさすがに想定外過ぎたようで、レイナは絶句した様子で、立ち尽くしていた。

「……とんでもないことをしますね、ロッドくん」

やがて喘《あえ》ぐように言ったレイナに、ロッドはなんと返していいか分からず頬《ほお》を掻く。

「いやこのやり方を思いついたのは、レイナだろ……？」

「そ、それはそうですが、まさか数十発分をあの一瞬で当てるとは」

「……確かにちょっとやり過ぎたな。でも、レイナのおかげで爆破に巻き込まれずに済んだよ。さすがの素早さだ」

迅速《じんそく》に動けば動くほど安全性は高まる為、レイナの手際は完璧《かんぺき》だった。

「いえ、それほどでも。まあ、これくらいやらないと、あの敵は倒せなかったかもしれませんね」

「ああ。元々耐久力のある魔物《まもの》みたいだけど、そっちもネルトガに強化されていたんだろうな」

80階とは言え【紅蓮の迷宮】の門番にしては、尋常《じんじょう》ではない防護性だった。

「でも無事に倒したことだし、後は別の道を探して階段まで……」

「……ロッドくん」

レイナの方を向いて喋っていたロッドは、彼女の表情の変化に気付いた。先程までわずかな笑みを浮かべていたそれは、今や、はっきりとした恐怖《きょうふ》に強張《こわば》っている。

「あ、あれをみてください！」

レイナが指差した方を振り返り、ロッドはぞっとした。

無数の欠片《かけら》となった銅像が、引かれ合うように寄り集まり、結合し、傷が修復されていく。そうして、瞬く間に元通りとなった銅像が、再びロッド達の前に聳《そび》え立った。

「待てよ……再生までするのか⁉」

いくらなんでも反則過ぎる。討伐することも出来ない門番など、ありえていいわけがなかった。

ロッドが固まっている間にも、銅像は再び走り始める。

「ロッドくん！　どうしますか⁉」

「とりあえず……戦ってもダメなら、また逃《に》げるしかない！」

レイナを守るために先行し、ロッドは銅像に向かって拳を振り上げた。

「《フィスト・エクスプロード》！」

もう一度、スキルをぶつけ、相手を後方へと転がす。

再び破壊することは出来なかったが、どうせ元《もど》に戻るなら時間を稼《かせ》ぐだけでも十分だ。

ロッドはそのまま、銅像が起き上がる前に真横を駆け抜《ぬ》けた。

「さっきの道は塞がれたから、今度はこっちだ！」

地図を見ながら道を曲がり、多少の遠回りにはなるものの階段へ続く進路を行く。

しかし、再びロッドは明確な殺意を感じ取った。

隣《となり》を必死な顔で逃げるレイナの肩《かた》を掴《つか》んで、その場に転がる。

すぐ上を通り過ぎる光線が、無情にも目の前にある道を、通行不可能な規模で破壊した。

急いで道を変えて、次の候補へと進んだ。

しかしそれも、しつこくついてくる銅像によって潰されてしまう。

「ロッドくん、このままでは追い詰《つ》められる一方です。一旦、休める場所に行って作戦を考えませんか⁉」

「賛成！　近くに隠し通路がある！　そこなら大丈夫《だいじょうぶ》だ！」

ダンジョン内に存在する、目には見えない道のことだ。

大抵《たいてい》の場合は鍵《かぎ》がかかっているが、【アンロック】を所有しているロッドには何の問題もない。ロッドは地図を見ながら通路を走り、ある地点まで辿り着くと、壁《かべ》に向かってスキルを発動した。

「《ハイ・アンロック》！」

　何も無かった壁に鍵穴《かぎあな》が現れ、ロッドが手に持った鍵を当てると開錠《アンロック》される。長方形に切り取られた壁が、まるで扉《とびら》の様にして開き、ロッドとレイナは急いで内部へと駆けこんだ。

　すぐに背後で壁が閉まると、銅像が通り過ぎていく荒い足音が聞こえる。

「……本当です。ここまでは入ってこれないみたいですね。ひとまずは逃げられました」

　レイナが胸を撫《な》で下ろしたように言うが、問題は寧《むし》ろ、ここからだった。

　どうやら隠し通路に居る限りは、敵に見つからないようだ。しかし出た途端《とたん》に、また追いかけっこの始まりだ。しかも、更《さら》に致命的《ちめいてき》なのが、

「参ったな……道が、もう、ない」

　地図を眺めながら、ロッドは唸った。

　下への階段へ着く為の通路が、全て銅像によって消されてしまったのだ。

「そんな……では、81階には降りられないんですか？」

　絶望的な表情を浮かべるレイナに、ロッドは悔《くや》しく思いながらも頷いた。

「この隠し通路を出た先にある十字路を左に曲がれば、階段の部屋に辿り着けるんだけど、

その前に壁があるんだよな」

「行き止まり、ということですか。……あの銅像が、どうにかして壁を破壊してくれるってこともないですよね」

「さすがにそれはなさそうだなぁ」

ラビィが設計した【紅蓮の迷宮】であれば、あるいは、と思うが、今の門番はネルトガの物だ。そのようなやり方が通じるわけもなかった。

「ロッドくん、一旦、地上に戻りますか？　銅像も私達を探して右往左往しているはずですし、今なら少し道を引き返しても大丈夫だと思いますが」

「……そうだな。撤退《てったい》することも視野に入れるべきかもしれない」

なるべくならやりたくはないが、こうなった以上は仕方なかった。

ある程度の期間を置けば、破壊された迷宮内の構造も元に戻るかもしれない。

ネルトガが管理者になっている以上、もしかすれば、という程度の可能性でしかないが。

「せめて、銅像がついてこれないような抜け道《みち》があればいいんですが」

「抜け道か。難しいと思うけど……ちょっと探してみるか」

ロッドは《管理者の地図》を起動し、80階の構造を細部に亘《わた》って目を凝《こ》らす。

だが、やはりそんな都合の良いものは存在していなかった。

やはり一旦帰るべきかと、そう諦《あきら》め掛《か》けていていたが、

「……あれ？」

ふとそこで、ある異変に気付いた。

地図をよく見てみると、壁の辺りに何かの書き込みがあるのだ。

ロッドが今展開しているのは、元々ラビィが何かの際に使う為、作り出された物だ。

そこに刻まれた文章ということは、彼女自身が記したものになる。

「ロッドくん？　どうしました？」

レイナに肩を叩かれるも、脳を高速回転させていたロッドは、頷くだけだ。

（地図の情報に、インステント・メイデンは迷宮内の構造に従って動くってのがあったな。だったら……）

ロッドは、呟《つぶや》いた。

「賭《か》けてみる価値はあるかもしれない。隠し通路を出るよ、レイナ」

「なにか良い方法が見つかったんですか？」

「ああ。壁に、ぶつかる」

「……はい？」

隠し通路を歩き出したロッドの答えに、後ろに続いたレイナが素《す》っ頓狂《とんきょう》な声を上げる。

「壁にぶつかるって……なにかの比喩《ひゆ》ですか？」

「いいや。そのままの意味だよ」

やがて隠し通路の出口まで辿り着き、ロッドが壁を押《お》すと、抵抗感《ていこうかん》もなくそれは開いた。

「そんなことをして、どうするんですか……？」

不安げに顔を曇《くも》らせるレイナに、ロッドは詳細《しょうさい》な説明をしようとする。

しかし、その時、背後から既《すで》に聞き馴染《なじ》んだ激しい足音が聞こえて来た。

振り返ると、少し離《はな》れた場所に、銅像が姿を見せる。

「もう発見されましたか……」

「早いな……話している余裕《よゆう》はなさそうだ。仕方ない。行こう！」

ロッドは走り出すと、目の前にある十字路を左に曲がる。

真《ま》っ直《す》ぐ続く廊下の先には、地図の通り壁が聳え立っていた。

「ロッドくん、行き止まりですよ。本気で壁にぶつかるつもりですか？」

「そうだ。ぶつかる」

「ロッドくん、色々と大丈夫ですか……？」

そう思われても無理はない。だが、説明している間に追いつかれては元も子もなかった。

「いいから、オレを信じてくれ！　このまま行くぞ！」

慌《あわ》てふためくレイナに呼びかけると、ロッドは地を蹴《け》って更に走る速度を増す。

「……ああ、もう！　分かりました！　ロッドくんがそう言うなら！」

戸惑いを挟みつつも、レイナは後ろからついてくる。

執拗《しつよう》に追跡《ついせき》してくる銅像の気配を感じながらも、ロッドは少しずつ行き止まりの壁へと近付いていき——。

「最後に確認しますが本当にぶつかるんですね⁉」

「そうだ。ぶつかる！」

「そうですか……覚悟《かくご》を決めました。ロッドくんが決めたなら、私はついていくだけです」

迷いを振り切るように言うレイナに、ロッドは笑いかけた。

「ありがとう！　じゃあ、飛び込むぞッ！」

ロッドはレイナの手を掴み、勢いよく跳び上がった。

(上手くいってくれ——ッ！)

祈《いの》りと共に、ロッドはそのまま、壁に向かって正面から当たる——。

「——ッ。………あれ？」

と思《おも》い込んでいたであろうレイナは、しかし、そこで不思議そうな声を上げた。

直後、背後で激しい衝突音《しょうとつおん》が響《ひび》き渡《わた》る。

ロッドが振り返ると、それは、壁の向こうから何度も何度も聞こえてきた。

「……どうして私達、壁の向こうに……？」

まるで理解できていないレイナに、無理もないなとロッドは苦笑《くしょう》する。

「上手く行って良かったよ。これであいつはオレ達を追ってこれない」

「……どういうことなんですか？」

「ごめん、ちゃんと話さなくて。実はさっき地図を見ていたら、ここの壁の辺りに書きこみがあったんだよ。『冒険者《ぼうけんしゃ》に通り抜けられてしまう。次回の更新時《こうしんじ》に修正予定』って」

「え、それってラビィさんのものですよね。もしかして……ダンジョンを創る時に、なにか失敗した、とか？」

「多分、そうだと思う。五大迷宮は全て攻略《こうりゃく》される度に構造を作り変えてるって言っていたから、何回も繰《く》り返しているとたまに起こるんじゃないかな。不具合みたいなものが」

しかし、ダンジョン自体の造りをいじるのは、百年に一度と設定されている。

その為、地図に書きこんで忘れないようにしていたのだろう。

「……神様でもそういうこと、あるんですね」

「あるんだなぁ。神様でも」

とは言えあのラビィであれば、素知らぬ顔で口笛でも吹いて『誰《だれ》にだって誤りはあるさ』

だのなんだの言って誤魔化《ごまか》すに違《ちが》いない。

「あの銅像は、オレ達の姿を認めると、ずっと後ろを追いかけてくる仕様になってるんだ。でも、壁を抜けてしまうのは人間だけ」

だからこそ、わざわざ『冒険者に』と書かれていたのだろう。

「ああ。それであの銅像は、私達の後に続こうとしてずっと壁にぶつかっているんですね」

「そういうこと。やれやれ。ラビィさまさまだな……」

一時はどうなることかと思ったと胸を撫で下ろし、ロッドは歩き始めた。

銅像が居なければ、この階層は安全地帯そのものだ。

「しかしレイナ、ちゃんと言わなかったのにオレについてきてくれてありがとう。かなり危険な真似《まね》に付き合わせてごめん」

「いえ。……ロッドくんがやるなら大丈夫だろうと、そう思っていましたから」

呟くように言ったレイナの信頼感《しんらいかん》に満ちた言葉に、ロッドは顔が熱くなる。

「そ、そっか。その、うれしいよ」

しかし、だからこそ、レイナを不用意なことに巻き込むわけにはいかなかった。

一層に慎重《しんちょう》に行かないと、とロッドは改めて決意し――階段を下りるのだった。

視界を、鮮《あざ》やかなまでの緑が埋め尽くしている。

辺りは鬱蒼《うっそう》と茂《しげ》る森林に囲まれており、足元もびっしりと草が生え揃《そろ》っていた。

「綺麗《きれい》な場所ですね……」

レイナが周囲の風景に目を奪《うば》われたかのようにして、呟く。

確かに、とロッドは頷いた。状況《じょうきょう》が状況でなければ、清涼感《せいりょうかん》に浸《ひた》ってしばしくつろぎたいところだ。

ただし、ロッド達が今いるのは、【紅蓮の迷宮】90階。目の前の景色に騙《だま》されて油断すれば、痛い目に遭《あ》うのは必至である。

「さて……」

ロッドは確認の為に足元に落ちていた石を拾って、林立する木々に向かって投げつけた。

しかし礫《つぶて》は、その前に見えない壁に衝突したかのようにぶつかって落ちる。

「やっぱり。木と木の間は通り抜けられないようになっているみたいだ」

森林はよく見ると、気味が悪いほどに整然と並んでいた。まるで、冒険者の侵入《しんにゅう》を拒《こば》むようにして。木は壁の代わり。周囲は森のように見えるが幻像《げんぞう》に近いものなのだろう。

「結局、目の前に続いている通路を進むしかないってわけか」

ロッドは、足元を見下ろしながら言った。

「でもロッドくん、確かこの90階は……」

「ああ。——罠《わな》の位置が、一定時間ごとに変化する」

レイナの言葉に頷いて、ロッドは《管理者の地図》を発動する。

すると、90階の構造図の右上の方に、階層表記とは別に「１」という数字があった。

ロッドが指先で触《ふ》れると——地図の表示が、切り替《か》わる。

右上の数字も「２」に変わっていた。再び数字に触れると「３」になる。

二番目も、三番目も、迷宮の構造自体は変わらないが、罠の位置が移動していた。

「正確には不規則的に、じゃなくていくつかの決まった形があって、それが入れ替わっているみたいなんだけど。沢山《たくさん》あるから、今がどれに該当《がいとう》するのかまでは分からないな」

「どうしましょうか？　今までの冒険者は、罠があるのを承知でスキルなどを使いつつ、気をつけながら進むしかないようでしたが」

レイナの質問に、ロッドは首を横に振る。

「いや、それは危険過ぎる。以前ならともかく、今は恐らくネルトガによって罠自体も強化されている。迂闊《うかつ》に行くとどんな目に遭うか分からない」

これまでのことを踏《ふ》まえると、下手をすれば、命を失う危険性すらあった。

出来れば、どうにかして罠のある位置を特定したいところだ。

「……そうですね。なにか使えそうなアイテムがあればいいんですが」

レイナは難しい顔をしながら、虚空《こくう》を眺《なが》め始める。ロッドからは見えないが、アビリティの情報を呼び出し、スキルに依《よ》る鞄の中身を確認しているのだろう。

「アイテムか……階層の罠を全て目に見えるようにする、なんて都合の良いものはなかったよな」

「ええ。さすがに。せめてこう、罠のある位置に近付くと光るとか、そういうのがあれば事前に回避《かいひ》できるんですけど」

「……罠のあるところだけ光る、か」

ロッドはレイナの零《こぼ》した言葉に、ふとなにかを掴みかける。

「はい。そういうのがあればいいんですが、さすがにありませんね」

「……。……いや……いけるかも」

苦笑するレイナに対して、ロッドは呟いた。

「レイナ、あのアイテムを出してくれないか。ほら、『階層の床全てに一定時間罠を出現させる』ってやつ」

「え？　ああ、あの巻物ですか？　いいですけど」

レイナは不可解な顔をしながらも、鞄から指定のアイテムを取り出し、渡してくる。

「ただでさえ罠が見えないのに、これ以上増やしても……」

「いや。見えないから、増やすんだよ」

ロッドは巻物を手にし、紐《ひも》を解いて開いた。

内部に書かれた解読不能の文字が輝《かがや》きを放ち、効果を発揮する。

『90階の床全てに罠が出現しました。5分後に消失します』

現れた文章を確認すると、即座にロッドは《管理者の地図》を起動。

「……よし！　やっぱりだ！」

地図を眺め、目論見《もくろみ》通りの結果となっていることに指を鳴らした。

「レイナ、少し待ってから移動を開始しよう」

「どういうことなんですか？　危険では？」

「もう大丈夫だ。この階層の罠の位置は、把握《はあく》した」

ロッドの発言に、レイナは面食らったように目を丸くする。

「今の巻物で？　どうやったんですか？」

「このアイテムは、階層の床全てに罠を敷《し》くけど、元からあるものに関しては影響が及《およ》ばない。もうそこに存在している以上、置けるわけがないからな」

「ええ、確かにそうですね。……あっ」

言わんとすることが分かったらしい。レイナは微笑《ほほえ》みと共に手を打った。

「そうか……巻物で現れた罠はロッドくんのもつ地図にその時記されますが、元からあるものについてはそのままになるんですね？」

「ああ。だから、巻物の効果が消えた後、まだ存在している罠で正解の地図が分かる」

「使い道の分からなかったアイテムをそんな風に利用するなんて……」

「念《ねん》の為に、とっておいてよかったよ。〈魔召香〉と同じで、やっぱり一見してダメでも役に立たないって決めつけちゃダメだな」

ロッドが頷《うなず》くと、レイナは噛《か》み締《し》めるように囁《ささや》く。

「……そう、ですね」

彼女の慈《いつく》しむような視線は、ロッドの持つ巻物に注がれていた。

不要と扱《あつか》われかけたアイテムに、自身の過去を投影《とうえい》しているのかもしれない。

そうこうする内に5分が経《た》ち、巻物の効果は切れた。

ロッドは改めて該当する地図を呼び出すと、出発することにする。

「魔物も罠もそれなりにある。隠し通路も併用《へいよう》しながら行こう」

レイナに呼びかけながら、進み始めた。

罠の位置さえ分かれば、後は特に気を付けることもない階層だった。

現れる魔物に関しても、ロッドのスキルとレイナの渡してくれるアイテム、双方があれば敵ではない。ロッドたちは、順調に出口へと近付いていった。

「そろそろ終点だ。中々に大変な階だったけど、オレ達《たち》二人なら問題なかったな」

「ええ、この調子なら、奥に居る門番も問題なさそうです」

「ああ。ネルトガに改造はされているだろうけど、オレ達なら――」

ロッドが言いかけた瞬間だった。

――壁から生えたなにかに、レイナの体が捕《と》らえられる。

「え……？」

呆然《ぼうぜん》とした表情を浮《う》かべるレイナの全身に、不気味なものが巻き付いていた。

粘着性《ねんちゃくせい》のある体液を纏《まと》った、赤色の、ぶよぶよとした細長い物体だ。

蠕動《ぜんどう》し、疣《いぼ》のようなものがそこかしこに浮かぶ様は、巨大《きょだい》生物の触手《しょくしゅ》を思い浮かばせた。

「レイナッ⁉」

ロッドは即座に武神の剣を抜いて跳びかかり、触手を断《た》ち切る。

解放されたレイナが床に落ち、小さく悲鳴を上げた。

「大丈夫か⁉　毒とか喰らってないよな⁉」

怪我《けが》はしてないようだが、今までの経験上、魔物の体液自体がそういった成分を持つ場合もあった。
ロッドの質問に、レイナは青ざめた顔で頷く。
「はい。ですが、驚《おどろ》きました。一体どこから現れたのか――っ⁉」
言いかけたレイナの顔が、そこで強張った。視線はロッドの背後に向けられている。
何事かと振り返ったロッドは、そこで戦慄《せんりつ》した。
無数の触手が、床や、森林に似せた壁から生えている。
全てが独自の意志を持つように蠢《うごめ》き、蛇《へび》のようにのたくっていた。
「こいつは……まさか⁉」
ロッドが愕然《がくぜん》となっている内に、触手の何本かが高速で動いた。
向かってくる相手に対し、ロッドは立て続けに斬撃を放ち、切断していく。
だが触手は千切れた端《はし》から即座に再生し、元の姿を取り戻した。
(信じられない速度だ。これじゃキリがない)
ロッドが舌打ちしている内、再び背後で悲鳴が上がる。
レイナの方を向くと、彼女は四方から伸《の》びる触手に巻き付かれ、持ち上げられていた。
「ロ……ロッドくんっ！」
レイナが伸ばした手を、ロッドは掴もうと跳んだ。

しかし、寸でのところで指先は空を切り、彼女は別に生えた触手に渡され、そのまま凄まじい速度で奥へと連れ去られていった。

「レイナ――ッ！」

叫《さけ》ぶロッドに触手が襲撃《しゅうげき》をかける。

その全てを一瞬《いっしゅん》にして排除《はいじょ》して、ロッドはレイナが消えた方角目指して走り始めた。

行く手を阻《はば》むように伸びて来る触手を斬《き》りながら、ロッドは《管理者の地図》を起動する。浮かび上がる90階の構造には目もくれず、門番の情報を確認《かくにん》した。

『ハイザード・フラウ：巨大な花に似た魔物。葉の代わりに触手を生やし、相手に攻撃《こうげき》する。中央の蕾《つぼみ》部分が頭部となっており、捕らえた相手を喰らう。近付かなければ反応しない為《ため》、遠距離攻撃が望ましい』

やはりだ。以前に確かめたものと、現在の状況が違う。

異常な再生力もそうだが、記載《きさい》された文章と異なり自発的に冒険者を襲《おそ》っている。

ネルトガに依る強化だろう。触手が壁から生えているのも、その一環《いっかん》に違いない。

(今度はこう来たか……！)

改造を受けているとなると、遠距離攻撃が通じるかも不明だった。防御力《ぼうぎょりょく》が強化されている可能性も十分にありえる。

『追記：蕾に当たる箇所《かしょ》にある口を大きく開き、触れたものに爆発《ばくはつ》効果をもたらす鱗粉《りんぷん》を吐《は》き出す。ただし攻撃するまでの間にわずかな時間がかかり、その際、口の奥に核《かく》となる部分が露出《ろしゅつ》し、そこを突けば一撃で討伐《とうばつ》が可能となる』

「……狙うならここか」

仮に強化されていたとして、弱点となる部分であれば、ロッドのスキルを使えば突破《とっぱ》できるかもしれない。

「レイナ。待っていてくれ。今行く……！」

ロッドは更に足を速め、絶えずして向かってくる触手の群れを片《かた》っ端《ぱし》から退けた。

だが敵はそれだけではない。

八本の手を持つミノタウロスが、噛んだ者を溶《と》かす毒液を持つ大蜘蛛《おおぐも》デッドリィスパイダーが、巨大な体と尾《お》を持つサソリゴールドスコーピオンが、見たものを混乱させる無数の蝙蝠《こうもり》サウザーバットが、頑丈《がんじょう》な体と超常《ちょうじょう》の膂力《りょりょく》をもつ土人形シルバーゴーレムが。

90階で待ち受けていた魔物たちが、進もうとする道に立ちはだかった。

「邪魔《じゃま》だ……」

ロッドは今までに培《つちか》った全てを駆使《くし》し、難関を突破する。

「どけ――――ッ！」

声を上げながら、息つく間もなく襲撃をかけてくる全ての相手を、武神の剣とスキルを用いて打ち倒《たお》していった。

傍《かたわ》らでは地図を展開し、罠を避《さ》けながら、時に隠《かく》し通路を使って距離を稼ぐ。

最早《もはや》、ロッドは闇《やみ》を恐《おそ》れていただけのあの頃《ころ》とは違っていた。

一意専心にして、レイナを助けるべく、怒涛《どとう》の如く進撃《しんげき》する。

そうして――今までに比べても驚くべき速さで、ロッドは到達《とうたつ》していた。

【紅蓮の迷宮】90階。その、最奥《さいおう》へと。

行き止まりには巨大な扉が備えられていたが、その前には巨大な異形が待ち構えていた。

情報の通り、血のように赤い花弁を持つ不気味で巨大な花だ。

葉があるべき場所に無数の触手が生え、その内の一本にレイナが拘束《こうそく》されていた。

「レイナ！」

ロッドが呼びかけると、彼女《かのじょ》は薄《うす》く目を開く。

「ロッド……くん……」

反応があったことに、安堵《あんど》した。どうやらまだ無事のようだ。

『――ッ！』

門番であるハイザード・フラウが金属を擦《す》り合わせたような叫びを上げた。

蕾に当たる部分に二つの不気味な目が輝き、開かれた口には無数の尖《とが》った歯が覗《のぞ》く。

「まずは……オレの仲間を、返してもらう！」

ロッドは武神の剣を手にしたまま、突貫《とっかん》した。

本体や、周囲の壁から伸びた幾《いく》つもの触手が、視認《しにん》不可能なほどの速度で迫《せま》ってくる。

即座に反応し剣でそれらを受け止め、弾《はじ》き、返す刀で斬り落とした。

瞬く間に相手に接近したロッドは、跳《と》び上がると、レイナを捕《つか》まえている触手に刃《やいば》を振《ふ》り払《はら》う。鈍《にぶ》い音と共に触手の先端《せんたん》が吹《ふ》き飛び、力を失って彼女を放した。

ロッドは空中でレイナの体を受け止めて着地。隙《すき》を逃さず放たれる触手が届く前に後退し、距離《きょり》をとった。

「……ロッドくん……申し訳ありません、私……」

床《ゆか》に下ろすと、レイナは浅く息をつきながら、悔しがるように奥歯《おくば》を噛み締める。

「謝《あやま》らなくていいよ。無事で良かった。ここで待っていてくれ」

ロッドは安心させる為にあえて穏《おだ》やかな口調で伝えると、レイナを守るべく彼女の前に立った。

剣《けん》を構えたロッドを油断ならない相手だと定めたのか、ハイザード・フラウは次手を見定めるように動きを止める。

が、次の瞬間《しゅんかん》、大量の触手《しょくしゅ》を伸ばしてきた。

「《武神の剣》――覚醒《かくせい》！」

ロッドは自らの得物を用い、残像を刻む程《ほど》の速度を誇《ほこ》るそれらを、的確に捌《さば》いていく。

時に刃で受け流し、時に斬撃で切り飛ばし、時にわずかな身動きで避けた。

時間にして数秒あまり。ロッドとの熾烈《しれつ》な攻防《こうぼう》を繰り広げた後、ハイザード・フラウは触手を繰り出さなくなる。

そのまま相手は、何かを考えるように再び停止した。

「どうした。触手一辺倒《いっぺんとう》じゃ、いつまで経ってもオレは倒せないぞ」

ロッドの挑発《ちょうはつ》を、理解できたのかどうかは分からない。

しかし、それまで周囲の触手を操《あやつ》るだけだった相手が、違う反応を示した。

沈黙《ちんもく》の後――全ての触手を引っ込《こ》めると、口を開いて歯を剥《む》き出しにする。

（……来る！）

ロッドが身構えると、軋《きし》むような音を立てながら更に敵の口が大きく上下に裂《さ》けていった。その奥《おく》に、鈍色《にびいろ》をした丸い石のようなものが見える。

弱点の、核だ。

「《ステータス・アンロック》、速度解放！」

ほとんど本能といっていい間でスキルを発動すると、ロッドは超高速《ちょうこうそく》の動きでハイザード・フラウに向かった。

瞬《まばた》きする時間すら与《あた》えずに、核へと近付いていく。

しかしその直後、目の前で異変が起こった。

床から次々と触手が生えると、縦に並んだのだ。

まるで、ロッドの意図を悟《さと》り、宿主を守るようにして。

「《マスト・ラッシュ》！」

ロッドは【剣士】の上位スキルを発動、連続した突《つ》きによって触手を千切り飛ばしながら更に突っ込んでいった。

しかし相手も驚くべき速さで再生し、容易に前へと進ませてはくれない。

更に、周囲の壁から一斉に触手が生え、ロッドを妨害《ぼうがい》しようと迫ってきた。

その数は先ほどの比ではない。数百、いや、数千以上はあるだろう。

咄嗟《とっさ》に【グラン・ガードナー】を発動して防御《ぼうぎょ》したが、後から後から押し寄せる触手の群れを前に、効果が早々に切れた。

ロッドは音速で剣を振り払い続け、全てを排除していく。

僅差《きんさ》でロッドの攻撃回数の方が勝ってはいる為、完全に止められてはいないが、それでも予想より時間はかかっていた。

(不味《まず》いな。このままじゃ、ステータス・アンロックの効果時間が切れる)

そうなればしばらくの間、ステータスを強化することは出来ない。

再び使えるまでの間の時間を稼げたとしても、相手がロッドの狙《ねら》いに気付いた以上、二度と同じ攻撃をしてこない可能性もあった。

『苦戦しているようだな、継承者《けいしょうしゃ》』

その時、何処《どこ》からともなく不気味な響きが轟《とどろ》いた。

(……ネルトガか⁉)

声を耳にするのは初めてだが、この状況下で姿を見せることなく声を届けることが出来るのは、件の存在以外はありえない。

『数々の強敵を倒し、周囲からの評価も上昇《じょうしょう》。まるで英雄《えいゆう》のような扱いに、さぞ愉快《ゆかい》なことだったことだろう。今回の苦難はどうだ？　潜《くぐ》り抜けられるのか、それとも、惨《みじ》めな死体を晒《さら》すのか？』

完全に面白《おもしろ》がっている口調だった。ロッドだけではない。ダンジョンに命を賭けて挑《いど》む他の冒険者達《ぼうけんしゃたち》の姿も、神であるネルトガにとっては、退屈《たいくつ》を紛《まぎ》らわせる見世物でしかないのだ。

そのことが、何よりもロッドの怒《いか》りを誘《さそ》った。
「ふざ、けるな……！」
刃を振り上げ、向かってくる触手《しょくしゅ》を斬り落とす。
「《ダブル・スペル》《マスト・ラッシュ》ッ！」
即座《そくざ》に複合スキルによって、無数の突きを繰り出した。
わずかに開いた道を、更に疾走《しっそう》する。
しかし追いつくような速度で触手は再生し、増殖《ぞうしょく》した。
斬っては捨て、斬っては捨て続ける。
最後の難関ともいうべき触手の壁はすぐそこまで近付いていた。
だが、後ほんの、もう少し。
数本の触手さえ倒せば門番に辿《たど》り着くというのに——そこまでが、届かない。
『中々に頑張《がんば》るな。ならば、これでどうだ？』
更にネルトガの言葉によって、ただでさえ多い触手の群れが一気に数を増した。
相手は、遊戯《ゆうぎ》の駒《こま》がどれほど主に逆らえるか、弄《もてあそ》んでいるつもりなのだ。
ロッドは「くそ！」と吐き捨て、再びスキルを使おうとした。
——その時。立ちはだかっていた触手の壁が、纏めて爆破《ばくは》し微塵《みじん》と化す。

驚いてロッドが後ろを向くと、今にも倒れそうになりながら、それでも踏ん張って立ち続けるレイナが叫んだ。

「行って……下さい……ロッドくん！」

そこで、ロッドは思い出した。

先程《さきほど》の爆破は、レイナが以前に見せてくれたアイテムによるものだ。

【ストレイジ】のスキル・ルートを間違《まち》えて孤独《こどく》になった彼女が、それでもダンジョンに挑み、手に入れたもの。爆破効果のある瓶《びん》。

先程触手の壁を破壊《はかい》したのは、あれだ。

「ありがとう――ありがとう、レイナ！」

「いえ！　これを使って下さい！」

次いでレイナが投げてきた武器を、ロッドは受け取った。一本の槍《やり》だ。

「……そうか。あのスキルを使えば！」

彼女の言わんとすることを瞬時《しゅんじ》に察知し、ロッドは剣を鞘《さや》に納めた。

槍を構え、敵に狙いを定める。

（そうだ。オレは独りじゃない）

今更《いまさら》に、そのことを強く思った。

もう終わりだと嘆《なげ》いていたあの頃から数カ月。

ラビィから力を貰《もら》い、レイナと縁《えん》を結んだ。

それが今、ここに繋《つな》がって、苦難を突破する可能性を生み出したのだ。

「ネルトガ！　お前が侮《あなど》ってる人間の意地ってやつを、見せてやるよ――ッ！」

ロッドは開けた視界に、己《おのれ》の身を賭けて挑んだ。

すかさず槍を逆手に構えると、スキルを発動する。

「《ダブル・スペル》《ドラゴン・シャウト》ッ！」

合わさったスキルによって背後に衝撃波《しょうげきは》が二連続で放たれ、それは多大な加速力となってロッドの体を後押《あとお》しする。

凄《すさ》まじい速度で前方へと突っ込みながら、ロッドは即座に槍を突き出し、矛先《ほこさき》を真っ直ぐと伸ばした。

伸ばしてくる触手を片っ端から消し飛ばしながら、目標に向かって激進する。

「オオオオオオオオオオオオオオオッ！」

雄々《おお》しく叫び、正しく全身全霊《ぜんしんぜんれい》を以《もっ》て力を集約させた一撃《いちげき》で核に突っ込んだ。

そして。

――貫《つらぬ》く。

ハイザード・フラウの核を砕《くだ》き、ロッドはそのまま、背後にある扉に衝突《しょうとつ》した。

痛みを覚えながらも着地し、即座に振り返る。

目の前にあった巨大な花が、ロッドの方を向くと、触手を持ち上げた。

「ま、まだ生きているんですか……⁉」

レイナが呆然と声を上げたが、しかし、そこまでだ。

相手の動きが停止し、同時に、壁《かべ》から生えていた触手が次々と落ちていった。

更には本体の端の方から、砂塵《さじん》のように細かく崩《くず》れていき――。

やがては、全てが虚空に散って、消え去った。

「……よし」

ロッドは、ぽつりと言葉を漏《も》らす。

すぐには実感が沸《わ》いてこなかった。

しかし、徐々《じょじょ》に、徐々にではあるが、己の中から生まれてくる。

成《な》し遂《と》げたという、歓喜《かんき》が。

「倒した――ッ！」

ロッドが両手を上げると、レイナが喜びの顔で駆《か》けつけて来る。

「やりましたね、ロッドくん！」

「ああ、レイナのおかげだ。君が仲間で居てくれて良かった！」

ロッドが手を差し出すと、レイナは笑《え》みと共に握《にぎ》り返してきた。

「……いえ。あの時は夢中で、私に出来ることはないかなと。でも……良かったです」

俯《うつむ》き、彼女は望外の喜びを噛み締めるようにして、零す。

「あの時に必死で手に入れたアイテムが、ロッドくんの助けになった。あなたの言う通りです。役に立たないものなんてない。一人で苦しんでいた時も——無駄《むだ》ではありませんでした」

「その通りだ。これからもよろしく！」

「ええ、こちらこそ！」

ロッドはレイナと目を合わせ、互《たが》いに微笑み合う。

次いで前を向き、視線の先にある、下へと続く階段を見つめた。

「残るは99階……【紅蓮の迷宮】最下層、最奥に居る門番を倒すだけだ」

ロッドの呼びかけに、レイナは力強く頷く。

そうして二人は——いざ、最下層へと足を進めるのだった。

第四章　最下層、再び

辺りには、濃厚《のうこう》な闇が立ち込めていた。
見えるのは、左右に続く壁と、じめついて苔《こけ》むした足元の床のみ。
後はひどく薄暗《うすぐら》く、腰《こし》につけたランタンがなければ、まるで見通しが利《き》かなかった。
肌《はだ》にまとわりつくような気持ちの悪い空気感に、ロッドは無意識に喉《のど》を鳴らす。
「ついに――」
不思議な気持ちだった。
「――ついに、戻《もど》って来た」
そう。普通《ふつう》ならば『辿り着いた』と表現するべきなのだろう。
しかし、ロッドは数カ月前、確かにここに居たのだ。
子兎《こうさぎ》のように怯《おび》え、縮こまり、人生の終わりを覚悟していた。
だがラビィと出会い、力を授《さず》かり、またこの場所に立っている。
【紅蓮《ぐれん》の迷宮《めいきゅう》】99階――正真正銘《しょうしんしょうめい》の、最下層である。

「ここが……そうなんですね。なんだか、実感が湧きません」

隣《となり》に居たレイナが、感慨深《かんがいぶか》げに告げた。ロッドとて、同じ気持ちである。

ほんの数カ月前まで戦うことも出来ない有様だったのに、実力でここまで来たのだ。

「あと少し。この階層の最奥まで行けば、【紅蓮の迷宮】は完全攻略だ」

ロッドの言葉に、レイナは何かを想《おも》うように胸に手を当て、やがては頷いた。

「慎重に。でも、緊張《きんちょう》し過ぎないように、最奥を目指しましょうね」

「はは。難しいけど……うん、やれるはずだ」

虚勢《きょせい》ではなく、本心からロッドは言った。

もう、あの頃とは違う。そう口に出来るだけの自信はついていた。

「行きましょう、ロッドくん」

レイナの声に「ああ」と短く答え、ロッドは彼女と共に99階の探索《たんさく》を開始した。

魔物《まもの》も罠も、1階とは比べ物にならないほどに凶悪《きょうあく》で、隙を見せればすぐにやられてしまう。

だがそれでも、絶望的ではなかった。

スキルを用い、アイテムを使い、連携《れんけい》すれば、敵ではない。

99階までに培ってきた経験が、あらゆる状況を打破する力となった。

そうして突き進《すす》んで行き、やがて、ロッド達はだだっ広い空間へと辿り着く。

「……ここが？」

レイナの問いかけに、ロッドは顎《あご》を引いた。

「ああ。99階の、最奥だ」

遠方からは魔物の唸《うな》り声や咆哮《ほうこう》が聞こえてくるものの、ロッド達の居る場では不気味なほどの静寂《せいじゃく》が漂《ただよ》っている。

「なにか、埒外《らちがい》なほど巨大な魔物が待ち構えているかと思いましたが、その様子はありませんね」

「そうだな。今のところそんな気配はないようだけど……」

レイナに対して答えたロッドの耳が、その時、微《かす》かな音を捉《とら》えた。

なにか柔《やわ》らかいものを叩《たた》きつけるような、渇《かわ》いた音だ。

（……拍手《はくしゅ》……？）

そうとしか思えない、場違《ばち》いな響きにロッドが眉《まゆ》を顰めていると、やがて前方から誰かが現れる。

同時に部屋全体が発光を始め、昼のように明るくなると、その姿を浮かび上がらせた。

「おめでとう、ロッドくん。よく、ここまで辿り着けたね」

まさか、と、ロッドは我《わ》が目を疑う。

だが、間違いなかった。

そこに居たのは――紛れもなく、深い因縁《いんねん》のある相手だ。

「……フィン」

かつてロッドを騙し、陥れ、この最下層に落とした人物――。

S級冒険者《ぼうけんしゃ》の称号《しょうごう》をもつ男は、そこで裂けるような笑みを浮かべた。

「たった二人で99階まで来るなんて、君は本当に強くなったんだねえ。先輩《せんぱい》として誇らしいよ」

「ど、どうしてあなたがここにいるんですか……？」

困惑《こんわく》するレイナの問いに、フィンは「おかしなことを訊《き》くね」とわざとらしい仕草で両手を上げた。

「ここは【紅蓮の迷宮】の一番底だよ？　当然、門番は居るさ」

「……どういうことだ。それじゃまるで……」

まるで、フィン自身が、ダンジョンの門番になったかのようだ。

「ふふ。君の思っている通りだよ、ロッドくん」

内心を見抜《みぬ》いたように、フィンは細い目をわずかに開いた。

「99階を守るのは――僕《ぼく》だ」

「冗談《じょうだん》にしちゃ笑えないぞ。人間が魔物の代わりになれるわけがない」

「なれるんだよなあ、それが。僕は特別だからさ。特別な奴《やつ》って、やっぱり、特別な地位に選ばれるものなんだよ。なぜなら、特別だからね」

得意げな顔で、訳の分からないことを言いながら、フィンは両手を広げた。

「幻覚《げんかく》作用のあるアイテムでも使ったのか？　なるべく邪魔をしないで欲《ほ》しいんだが」

「いやいや。そういうわけにもいかないよ。なにせ僕は門番だからね。それに別にアイテムでトんでるわけじゃない。偉大《いだい》なご主人様の御力《おちから》によるものだよ」

「ご主人様……待て、フィン。それは、もしかして――」

ロッドは、最大級に嫌《いや》な予感に包まれる。

『我のことだよ、ロッド』

唐突《とうとつ》に、フィンの声が切り替わった。低く、地を這《は》うようなものに。

同時に彼《かれ》の目が白く剥かれ、糸の切れた操り人形《にんぎょう》のように首が傾《かたむ》いた。

その全身から、夜の闇より尚《なお》深い、漆黒《しっこく》の霧《きり》が溢《あふ》れ始める。

『90階では楽しませてもらった。改めて自己紹介《じこしょうかい》しよう。我が名は――ネルトガ。夜神《やしん》ネルトガ』

聞いているだけで怖気《おぞけ》を震《ふる》うような音律が、ロッドの体を震わせた。

「やっぱり、お前か……！　フィンをどうした！」

『特にこれといって何もしていない。契約《けいやく》を交《か》わしただけだ。我の力を少し与える代わりに、奴隷《どれい》となれとな』

「なんでそんなことを……」

『哀《あわ》れよなぁ。こやつは下に見ていたお前が活躍《かつやく》し皆《みな》に認められ、自分よりも注目されていることが悔《くや》しくて悔しくて、どうしようもなく悲しくて気に入らなくて、怒り、苛立《いらだ》ち、昂《たか》ぶる感情に囚《とら》われたのだ。いわば憎《にく》しみの牢獄《ろうごく》よ。鍵《かぎ》を差し出されれば、受けとる他はない。それがたとえ……我が身《み》を崩壊《ほうかい》させるものだとしてもな』

フィンは、いや、彼の体を借りたネルトガは、けたたましい笑い声を上げた。

「なんてことを……！　フィンの体を解放しろ！」

『なにも理解していないな、小僧《こぞう》。これはフィン自身が望んだことなのだ。ロッド、お前を殺す為にな。まこと、罪深い男よ』

「……フィンに近付いた目的はなんだ」

『今までと同様、余興だよ。せっかくの最下層だ。我のダンジョンに来た迷宮神《めいきゅうしん》の力を持った人間を歓迎《かんげい》してやろうと思って、趣向《しゅこう》を凝《こ》らしたのさ』

「ふざけるな。五大迷宮《エレメント・ダンジョン》はラビィのものだ。彼女が人間の為に創ったんだ！」

『今は、我のものだ。奴は消え、今この迷宮は我が手にある。……ロッド、我はお前を少し見直しているのだよ』

意図の掴《つか》めぬ発言にロッドが眉を顰めていると、ネルトガを宿したフィンは、そこで口元を邪悪《じゃあく》に歪《ゆが》めた。

『お前は我が強化した門番をことごとく倒し、ここまで辿り着いた。たかが人間如きと思っていたが、認めよう。お前は強き者だ』

フィンの手がゆっくりと持ち上がり、ロッドを指差す。

『故にもっと我を楽しませろ。――どこまで足掻《あが》けるか、見せてもらう』

その後、腕《うで》が力を失ったようにだらりと下がると、フィンの目が己の意志を取り戻した。

「……ネルトガ様の話を聞いたかな？　ロッドくん。そういうわけだ。先に進みたいなら僕を倒していけばいい」

フィンは挑発的《ちょうはつてき》な眼差《まなざ》しのまま、その両手に炎《ほのお》と氷の剣を生み出し、握り締めた。

「出来るものなら――ね」

立ち昇《のぼ》る紅蓮《ぐれん》の焔《ほのお》が、周囲を瞬時に凍《い》てつかせる冷気が、フィンを中心にして爆発的《ばくはつてき》に広がる。ダンジョンの壁が一瞬で炭化し、同時に急速に凍《こお》り付いた。以前に見た彼のスキルとは、比較《ひかく》にもならない威力《いりょく》だ。

「ネルトガ様は素晴《すば》らしいよ。闇で迷宮神の力を覆《おお》い、取り込み、膨《ふく》れ上がらせているんだってさ。その威光《いこう》を受けて、僕のアビリティも段違《だんちが》いに成長した」

「強くなる為に、ネルトガの配下になったのか」

「おいおい、君だってそうじゃないか。力の為に迷宮神からスキルを継承《けいしょう》したんだろう？　全てネルトガ様から聞いているよ？」

「……確かに、そういう面もある。だけど、彼女は……ラビィはその為に人を傷つけて欲しいなんて、そんなことは言わなかった。フィン、あんたはそれで本当にいいのか。Ｓ級なんて誰にでも手に入れられるものじゃない。それなのに、そんな奴の言いなりになって、道を踏《ふ》み外《はず》すのか⁉」

弾劾《だんがい》するロッドを、フィンは刃物《はもの》のように鋭《するど》い眼差しで睨《にら》み付けて来る。

「黙《だま》れよ新米！　みんなみんな、君みたいな愚図《ぐず》に興味もってさぁ！　僕のことなんて眼中にないってか⁉　ふざけるな！　全部僕のものなんだよ！　この世の全ての！　名誉《めいよ》も！　金も！　地位も！　女も！　僕のものだ！　君なんかにやるものかッ‼」

見開かれた目は血走り、開いた口からは涎《よだれ》が飛び散っていた。

既《すで》にそこに、ロッドが初めて会い、焦《こ》がれた先輩冒険者《せんぱいぼうけんしゃ》の威厳《いげん》も、余裕《よゆう》もない。

「ねえ、ロッドくん、教えてやろうか」

が、そこで一転。

フィンは正気に戻ったかのように、面白がるような表情で、衝撃的《しょうげきてき》なことを告げた。

「ライゼンさんを殺したのはねえ——僕なんだよ」

沈黙が、降りた。

愕然となったのは、ロッドだけではない。

背後で、レイナの息を呑《の》むような音が聞こえた。

「……なん……だって……」

しばらく経ってから、ようやく声を絞《しぼ》り出したロッドに、フィンはくつくつと陰惨《いんさん》な笑いを漏らす。

「嫌《きら》いなんだよ、ライゼンさんみたいな人間。善人面して皆に慕《した》われてさ、裏じゃどうせ全員を馬鹿にして下に見ている癖《くせ》に、誰にでも平等に接しますみたいなヘラヘラした顔をして接してきてさ。僕が冒険者になった頃も偉《えら》そうにダンジョン攻略《こうりゃく》の講釈《こうしゃく》垂れて来て、その頃からずっとムカついてたんだ」

呆然と立ち尽《つ》くすロッドとレイナを前に、彼は延々と、あまりにも勝手な話を展開し続ける。

「どんな弱いアビリティを持っている奴でもギルドに受け入れて、面倒《めんどう》を見て、そのせいでもてはやされて。鬱陶《うっとう》しいんだよな。ああいうおっさんがいるから、無駄に冒険者が増えるんだ。僕みたいな特別な人間が居ればダンジョンは攻略できる。必要ないんだよ、役立たずは！」

「……だから。だから……殺したって言うのか⁉」

「そうだよ！　今以上の実力をつける為にダンジョン探索の仕方を勉強したいって言ったら、ギルドに所属していない僕でも喜んでパーティを組んでくれてさぁ！　無防備に背中をさらしているから、ぶっ殺してやったんだ！　まさか仲間に不意打ち喰《く》らうと思ってなかったんだろうね、SS級の癖にあっさり死んじゃったよ！　馬鹿みたいに人を信用しているからそうなるんだ！」

崩れ落ちるような、音がした。

ロッドが振り向くと、レイナが力無く地面に膝《ひざ》をついている。

やがてその頬《ほお》を一筋の涙《なみだ》が伝い、落ちていった。

そのまま彼女は悲鳴のような声を上げ、泣き始める。

「僕はね、不愉快《ふゆかい》なものと、弱いものが、この世に存在していることが許せないんだ。だからどちらも兼《か》ね備《そな》えている君は、絶対に消し去ってやる。——ライゼンさんのようにね」

ロッドは、自分が無意識に拳《こぶし》を握っていることに気付いた。

音が鳴るほどに。血が滲《にじ》むほどに、強く。

だがそれでも尚、自身の抱《だ》いた怒りを抑《おさ》えることは出来なかった。

「……残念だ、フィン。オレは、あんたに誘われた時、本当に嬉《うれ》しかったんだ」

ロッドは静かに武神《ぶじん》の剣《けん》を抜《ぬ》く。

もう説得出来る段階ではないのは明らかだ。

それに――今の話を聞いて、許せるはずもなかった。

「閉ざされた道に、光が差した気がした。性格がねじ曲がってても、レイナに悪《あ》しく絡《から》んできても、その時に抱いた気持ちは本物だった。だから、あんたという人間を知って、本当に落胆《らくたん》している」

フィンも引かず、自分にも引けない理由があるのなら。

「オレを弱いというのなら、あんたはどうなんだ。他人を利用し、騙《だま》し、貶《おとし》めていたあんたは今、ネルトガによって同じことをされている。――それも弱さ故のことなんじゃないのか」

戦うしか、ない。

「…………」

フィンはロッドの言葉に目を見開き、俯いた。

が、やがては奥歯を噛《か》み締《し》め、呟《つぶや》く。

「……るさい……」

顔を上げ、憎悪《ぞうお》に満ちた表情に狂気《きょうき》を乗せて、金切り声を上げた。

「うるさいんだよおおおおおおおおおおお！　くそがあああああああああああ！」

地面を蹴《け》って、フィンが飛びかかって来る。

「あああああああああああああああああああああああっ！」

彼は手にもった剣を無造作に振り回した。

発生した炎の塊《かたまり》が、氷の礫《つぶて》が、空間を埋《う》め尽くしロッド目掛《めが》けて殺到《さっとう》する。

戦法としては、彼と共に初めて【紅蓮の迷宮】に潜《もぐ》った時と同じだ。しかし効果の程は段違いである。

更《さら》に連発して放つその間隔《かんかく》が尋常《じんじょう》ではなかった。

仮に《グラン・ガードナー》を使っても、効果が切れたところでやられるだけだ。

だがロッドは、全ての攻撃を回避《かいひ》していった。

当たった箇所の地面が炸裂《さくれつ》し、深い穴を穿《うが》つ。

「死ね死ね死ね死ね死ね死ね死ねええええええええええええ！」

フィンは尚もスキルを止めようとはしない。物量で強引《ごういん》に押《お》し切るつもりなのだろう。

ロッドはそのわずかな隙間《すきま》を縫《ぬ》うようにして動き、走っていった。

一瞬《いっしゅん》でも気を抜けば倒れる状況《じょうきょう》の中で、それでも冷静に前に進んで行く。

そうしてついにフィンへと肉薄《にくはく》し、そのままロッドは横薙《よこな》ぎに剣を振るった。

静寂の空間に、金属音が鳴り響《ひび》く。

ロッドの刃を正面から受け止めたフィンが、壮絶《そうぜつ》な笑みを浮《う》かべた。

「近付けば勝てるとでも思ったかッ！――《フィフス・マグナ》！」

フィンがスキルの名を唱えると、彼の背後に風と土、雷《かみなり》の剣が現れる。

刹那《せつな》、怒涛の如き連撃が開始された。

火と、氷だけでなく、宙に浮かぶ風と、土、雷を纏《まと》った剣が自動的に動き、息つく間もなく繰《く》り出される。

得物を受け止めても尚、余波が襲い、ロッドの服を焦がし、凍らせ、切り裂いていった。

それでも一向に肌身《はだみ》を傷つけられないことへ苛立つように、フィンは舌打ちする。

「邪魔なんだよ――その武器がッ！」

突如《とつじょ》としてフィンの背後から大量の闇が噴出《ふんしゅつ》し、無数の手と化して伸《の》びて来た。

その内の一つが拳を握り、ロッドの武神の剣を弾き飛ばす。

宙を舞《ま》った得物は、遥《はる》か遠くに落ちた。

「ヒハハハハハハハハハハ――――ッ！」

壊《こわ》れたような笑いと共にフィンが五本の剣で纏めて斬《き》りかかって来るのに合わせ、ロッドは地を蹴って後ろへ逃《のが》れた。

寸でのところで攻撃範囲《こうげきはんい》から逃れ、先程まで自分の居た場所が冗談みたいな勢いで爆発《ばくはつ》するのを見る。

「ちょこまかと鬱陶しい……でも、これで君は終わりだぁ！」

ロッドに対し剣の切っ先を突きつけて、フィンが宣言した。

「ネルトガ様から聞いているぞ！　君の持っている武器は特別なものなんだってな！　使うだけで凡庸《ぼんよう》な冒険者でも一流になれる！　素晴らしいアイテムだ！　だけどそれがなければ、君は元の、僕の背中で怯えていた奴に逆戻《ぎゃくもど》りだ！　ヒハハハハハハハハハ！」

堪《たま》らなくなったように哄笑《こうしょう》するフィンを、ロッドは何も言わずに見つめる。

「……ロッドくん！　私が武器を取りに行きます！　だからあの人を引きつけて！」

その時、レイナの鋭い声が響いた。振り返ったロッドの目に、涙を拭《ぬぐ》って立ち上がる彼女の姿が映る。

「させるかよ、そんなことぉ！」

動き出そうとしたレイナを牽制《けんせい》するように、フィンの背から伸びた闇《やみ》の手が彼女の目の前に落ちた。

レイナは体を竦《すく》ませ、それでもめげずにスキルで鞄《かばん》を呼び出す。

「なにかアイテムを……！」

「……いや。いい。レイナ、君に預けた槍をくれないか」

必死で打開策を考えようとしてくれているレイナに、ロッドは言った。

「え？　槍？　でも、そんなもので」

「どうにかなる。いや、どうにかしてみせる。——お父さんの仇《かたき》はとるよ」

戸惑《とまど》っていたレイナは、しかし、ロッドの言葉に目を見張る。

そうして彼女はすぐに、事前に渡《わた》し、保存していた武器を投《な》げ渡してきた。

ロッドは柄を掴むと具合を確かめるように少し振り回し、問題なさそうだと判断する。

「はっ——そんなものでどうする気だい？……ああ、そうだ。君は他のアビリティのスキルを使えるんだってねえ。もしかしてそれを僕に当ててるつもりかな？」

フィンの問いには答えず、ロッドは槍を構えた。

（近付き過ぎるとあの闇の手を喰らってしまう。なら、威力は《フィスト・エクスプロード》より劣《おと》るけど、射程範囲《はんい》の広い《ドラゴン・シャウト》を使うべきだ）

攻撃《こうげき》を開始する機会を窺《うかが》うロッドを、フィンが細い目をわずかに開いて嘲笑《ちょうしょう》する。

「……何をするつもりか知らないが。でも忘れてないかい。君は今、あの剣を持っていない。つまり、僕の攻撃に反応出来ないんだ。何をやっても無駄なんだよ」

「どうかな。試《ため》してみるか？」

ロッドの挑発に、フィンは不愉快そうに鼻を鳴らした。

「妙《みょう》に余裕があるじゃないか。気に入らないな……《カオス・マグナ》」

フィンがスキルを発動すると、彼が手にしていたものと、背後に浮かび上がっていた三つの武器が動き始めた。

五つの剣が、フィンの目の前で集結し——融合《ゆうごう》する。

周囲に衝撃波を撒《ま》き散らしながら現れたのは、夜明け前の空を表すかのような、紫色《むらさきいろ》の刃を持つ大剣《たいけん》だった。

「君相手にこれを使うのは大袈裟《おおげさ》だと思っていたけど、念《ねん》の為《ため》だ。一日に一度だけの大技《おおわざ》、見せてあげるよ」

フィンが大剣を掴み、無造作に振るう。

虚空《こくう》に漆黒の波動が生じ、高速でロッド目掛けて迫《せま》ってきた。

（あれは……不味い！）

肌をひりつかせるような圧迫感《あっぱくかん》に、ロッドは咄嗟に素早《すばや》く跳躍《ちょうやく》した。

真下の地面を、フィンの放った波動が抉《えぐ》る。

——消失した。

爆発することも、粉塵《ふんじん》を巻き上げることもなく、筆舌《ひつぜつ》にし難《にく》い異音を上げて地面の一定範囲《はんい》が陥没《かんぼつ》する。

「ロッドくん、気をつけて下さい。あれは無属性の破壊現象を起こす剣《けん》です。生み出される攻撃はどんなものも一瞬で消し去る上、あらゆる防御スキルを無効化します！」

レイナからの情報に、ロッドは頷《うなず》いた。

「ああ。前にスキル・ルートで見たことがある。【魔業刃《エビル・ヴィルド》】の最上位スキルだ」

解放するのに要求されるソウルが桁違《けたちが》いに多く、ロッドですら手に入れることが出来てはない。

「よく知ってるじゃないか。まあ、知ったところでどうにかなるものでもないけどね」

フィンは獲物《えもの》を狙う蛇《へび》のように、長い舌で唇《くちびる》を舐《な》める。

「発動時間は一分。さぁ——どうする、ロッドくん⁉」

声を上げた直後、フィンは苛烈《かれつ》な攻撃を再開した。

触《ふ》れるだけで致命的《ちめいてき》な波動が無数に放たれ、ロッドへと一斉《いっせい》に襲《おそ》い掛《か》かって来る。

「ロッドくん……！」

背後からレイナの焦燥《しょうそう》めいた声が飛んだ。

しかし、ロッドは短く深呼吸し、静かに告げた。

「簡単だ。防げないなら——全部、かわせばいい」

その場から駆け出しながら、声高らかに唱える。

「スキル発動。《ステータス・アンロック》。速度解放！」

地を踏みしめて、体を前に出した瞬間《しゅんかん》、ロッドは一陣《いちじん》の風と化した。

超高速《ちょうこうそく》で移動しながら、フィンを目指す。

「へえ、速いねぇ！　でも無駄だ！　いくら速くても、あの剣を持っていない君に僕の攻撃全てをかわすことは不可能なんだよ！　だから大人しく死んどけ、ロッドーッ！」

勝利を確信したかのように、愉悦《ゆえつ》交じりの叫《さけ》びを上げるフィン。

「……あ……？」

その顔色が変わったのは、直後のことだった。

ロッドはひたすらに空間を駆け抜ける。

わずかな油断も許さぬようにと向かってくる超常《ちょうじょう》の現象。

その全てを、小さな隙間を縫うように、鮮《あざ》やかに回避しながら。

「は？　はあ⁉　はああああああ⁉　なに⁉　なんでだよ⁉　なんで当たらないんだよ⁉　剣は持ってないだろ――――ッ⁉」

「なにか勘違《かんちが》いしているようだけどな。オレはあんたとの戦いを始めてから、武神の剣の効果を発動していない」

「……は？」

ロッドの答えに間の抜けた顔を晒したフィンへと、ロッドは更に突《つ》き進んだ。

「オレが武神の剣を何度使って来たと思ってるんだ。ただ唯々諾々《いいだくだく》と振《ふ》り回されているだけだと思ってたのか？」

最後に突撃《とつげき》してきた波動を跳躍してかわすと、地に立つと同時、ロッドはスキルの射程《しやてい》圏内《けんない》まで到達《とうたつ》する。

「あんた程度の攻撃、『相棒』ならどう動くかなんて――とっくに、体が覚えてるよ」

ロッドが槍を構えると、フィンは舌打ちして両手を広げた。

直後、彼の全身から漆黒の霧が噴《ふ》き出し、体を守るように覆い隠《かく》す。

ネルトガの加護によって出来た防御《ぼうぎょ》結界だろう。

「やってみろよ！　神に選ばれた僕に、君程度の攻撃なんて通じないんだよ――――ッ！」

「……だったら存分に味わってみろ」

ロッドは即座《そくざ》にスキルを使用。目の前に文章が浮かび上がった。

『《ハイアップ・スキル》、《ダブル・スペル》、《マジック・ソード》《フレイム・バースト（火魔法《ひまほう》レベル２）》が発動しました』

《マジック・ソード》と《フレイム・バースト》によって燃《も》え盛《さか》る炎を纏った槍が、《ハイアップ・スキル》と《ダブル・スペル》によって威力を二倍化しながら、連続効果を持たせる。

次の瞬間、ロッドはフィン目掛けて、全ての力を一気に解き放った。

「――《ドラゴン・シャウト》――ッ！」

全てを打ち砕く衝撃《しょうげき》が、スキルによって威力が増幅《ぞうふく》、途方《とほう》もなく巨大《きょだい》な焔の竜巻《たつまき》と化した。ネルトガの加護によって生み出された強固な霧は、槍の切っ先から放たれたそれにより容易《たやす》く貫かれる。

同時に尋常ならざる攻撃が――フィンの腹を、猛烈《もうれつ》な勢いで直撃《ちょくげき》した。

「ごぶっ……ッ⁉」

遥か後方に吹き飛んだフィンは、そのまま壁に激突《げきとつ》し、幾《いく》つもの亀裂《きれつ》を生みながら沈黙《ちんもく》する。

「……出直してこいよ、Ｓ級」

ロッドが息をつくと、フィンの体は壁から剥《は》がれ、そのまま床《ゆか》へと落ちた。

「ロッドくん……！　無事で良かった！　どうなることかと思いました」

名を呼びながら、レイナが駆け寄って来る。

「ご、ごめん。なにするか言ったらフィンが身構えると思って……」

「……いえ、いいんです。私は、ロッドくんが無事ならそれで」

レイナにほっとしたように微笑《ほほえ》み、ロッドの手を握って来た。柔らかな感触《かんしょく》にロッドは一瞬、どきりとしたが、すぐに笑い返す。

「ありがとう。心配させて、ごめん」

その声にレイナは頷き、そこで、ロッドの手をとっていることに気付いて「あ……」と急いで放した。無意識下でとった行動だったようだ。

「と、ところで、あの男……亡《な》くなったんですか？」

「いや……ネルトガの力で守られていたから、大丈夫《だいじょうぶ》だと思うよ。そうなるだろうと思って、強めのスキルを使ったから、しばらくは起き上がれないと思うけど」

ロッドは、うつ伏《ぶ》せになるフィンの様子を確かめながら言った。

「……そう、ですか」

レイナは顔を伏《ふ》せ、複雑そうな表情を浮かべる。戦いが終わった今、父親の仇を前にして、どうすればいいのか分からないのかもしれなかった。

「正直、オレはフィンに対して心の底からムカついている。オレを貶めたことなんてどうでもいい。でも、ライゼンさんを殺したのは許せない」

だからこそ、だろう。彼女《かのじょ》はロッドの言葉に、答えを求めるように見上げてきた。

「それでも――オレはこれ以上の制裁はやめて、冒険者協会に事の次第《しだい》を報告してあいつを引き渡し、きちんとした場で裁くべきだと考えてる。……レイナは、どう思う？」

ロッドの問いかけに、レイナは迷うように視線を逸《そ》らす。

が、やがて彼女は、小さく頷いた。

「私も、そうしたいです。ここであの男の命を奪《うば》えば、私も立場が変わらなくなる。それに……お父さんならきっと、そうするでしょうから」

ロッドと同様に、いや、それ以上に、レイナの胸の内には怒《いか》りがあるだろう。

それでも彼女は、ライゼンから学んだ生き方に準じようとした。

その心を、ロッドはなによりも嬉しく思う。

「ああ。ライゼンさんなら、きっとそうだな」

「ええ、ただ……冷静になると、いくら父が油断していたからと言って、フィン程度の人間にやられるだろうか、という疑問はあります」

「彼が嘘《うそ》をついていたと？」

「いえ、そういうわけではありません。ですが、フィン単独の犯行ではない可能性も残されているなと思いまして。私が、そう考えたいだけなのかもしれませんが」

言われてみれば、確かにロッドも腑《ふ》に落ちないものがあった。

SS級の冒険者ともなれば、多くの危機的状況を潜《くぐ》り抜けて来たはずだ。

そのライゼンが、フィンの思惑《おもわく》にまるで気付かなかったなどということがあるだろうか。

ライゼンと同程度、あるいはそれ以上の実力と経験を持つ首謀者《しゅぼうしゃ》が別に居て、フィンは協力した一人でしかなかった。

そう捉えた方が、自然ではある。

「……いずれにしろ、今はまだ判断できませんね。今日はフィンを連れて地上に戻った方が良さそうです」

「ああ、そうだな。っと……その前に武神の剣を拾わないと」

ロッドは、離《はな》れた場所に転がっていた己《おのれ》の得物の元へと行った。

拾い上げ、状態を確認《かくにん》する。かなり強烈《きょうれつ》な攻撃を受けたのに、折れるどころか刃毀《はこぼ》れ一つしていないのはさすがだった。

「……これからも頼《たの》むぞ、相棒」

声をかけ、ロッドは剣を鞘《さや》へと納める。

武神の剣が、応えるように身震《みぶる》いした気がした。

その時、鈍《にぶ》い音が響く。

ロッドが視線を向けると、部屋の奥《おく》にあった扉《とびら》がゆっくりと開いていくところだった。

「……ついに、か」

呟きと共に、ロッドは自然と口元が緩《ゆる》んでいくのを感じる。

冒険者資格を取得して、数カ月。

様々な出来事と、激しい戦いを潜り抜け、ようやく掴み取ったのだ。

「ロッドくん。成《な》し遂《と》げましたね」

レイナが言って、手を上げる。

「ああ。【紅蓮の迷宮】、完全攻略だッ！」

ロッドはレイナの――大切なもう一人の相棒の手を叩き、喜びを分かち合うのだった。

終章　一歩の先に、続く道

「…………」

【闇黒《えんごく》の迷宮《めいきゅう》】の管理者部屋に座するネルトガの目の前には、結晶版《けっしょうばん》が浮かび上がっていた。

全て、迷宮神《めいきゅうしん》ラビィが創り上げた五つの迷宮、その様子を映し出すものだ。

だがその内の一つは今、蒼《あお》く染まっていた。

冒険者がダンジョンの最下層、最奥《さいおう》に辿《たど》り着き、門番を倒《たお》した上で、宝を手に入れた時のみに現れるものだ。

「……ロッド、か」

名を、呼ぶ。それとて、ネルトガには本来、あり得ないことであった。

とるに足らない存在の固有名など、覚える必要もなかったのだから。

『馬鹿に出来たものじゃないだろう？　人間も』

その時、不意に、管理者部屋に高い声が響き渡った。

ネルトガは結晶版を眺《なが》めたままで、静かに答える。

「迷宮神か」

『そう。と言っても、声だけを届けているだけで、わたしは今、君の感知できない場所に居る。他の神々と一緒《いっしょ》にね』

「その程度、すぐに分かる。お前は無力だが、頭は悪くない」

ネルトガに居場所を突き止《と》められるような迂闊《うかつ》な真似《まね》は、しないだろう。

「なんの用だ？」

『いや別に？　わたしの選んだ子が大層な活躍をしていたものだから、敵としての気持ちはどうだろうと思ってね』

「馬鹿馬鹿しい。『敵』とは、対等な線上に居る者のみに許される言葉だ。人間如き、そのような表現を当てはめることは出来ない」

『そうかな。わたしはロッドが、君の敵になると思うよ。……今は無理でも、いずれね』

ネルトガは、笑い飛ばした。

「たかがダンジョンを一つ突破《とっぱ》した程度でか？　それに【紅蓮《ぐれん》の迷宮《めいきゅう》】は、既に他の連中に攻略されてしまったところだ」

『そうだね、その通りだ。だけどね……ふふ、彼はきっと、強くなる。数多くの冒険者を見守って来たわたしが保証するよ』

「神の力を持っているからか」

「いいや。ロッドにとって、そんなものはきっかけに過ぎない。見ただろう？　彼はわたしから受け継《つ》いだ力をただ使うだけでなく、驚《おどろ》くべき転用をした」

スキル・ルートの全体図に《ハイ・アンロック》の効果を用いたことを指しているのだろう。

「まさか《ハイ・アンロック》にあんなやり方があったなんてね。冒険者には《全知の眼》が使えない。わたしにはアビリティが使えない。両方持っているロッドだからこそ、成し得たことだ。分かるかい。あの時点で、彼は神の思考を超《こ》えたんだ」

いささかに大げさな表現ではある。我が子可愛《かわい》さで言っているところも大きいだろう。

だが――。

「確かに他の人間に比べると、思っていたよりは楽しめそうだ」

ネルトガが抱いた気持ちを口にすると、一瞬、間が空いた。

『……君にとっては最大級の褒《ほ》め言葉《ことば》だね』

やがてラビィは、挑発的な響きを孕《はら》んだ声で、告げてくる。

『だけどその余裕がいつまで通じるか。いずれロッドは――神を倒す、冒険者になるんだからね』

声が消えた。話は終わりらしい。急に接触《せっしょく》を持って来たのは、ロッドがネルトガの策を突破したことへの、喜びからだろう。

「いいだろう。人間如きがどれほどの領域に達するか。しばらく見届けてやる」

そう。未《いま》だ本体が目覚めるまでの、遊びに過ぎないのだから。

ネルトガは結晶版を見つめながら、次はどんな試練を与《あた》えてやろうか、思案するのだった。

ロッドが冒険者の資格をとってわずか二カ月半で、【紅蓮の迷宮】最下層の門番を打ち倒した――。

今までライゼンの持っていた最速記録を遥かに超えたその結果は、瞬《また》く間《ま》に冒険者界隈《ぼうけんしゃかいわい》で広がる。

同時にS級冒険者のフィンがSS級冒険者ライゼン殺害の容疑で冒険者協会派遣《はけん》の治安維持《いじ》組織に捕縛《ほばく》されたことも、話題に拍車《はくしゃ》をかけた。

抵抗《ていこう》するフィンを無力化したのがロッドであるということが、知れ渡ったからだ。

噂《うわさ》は噂を呼び、ロッドの名と、所属しているギルド【勇《ゆう》なる御手《みて》】の名もこれまで以上に知られるようになった。

そうして、ようやく、その日は訪《おとず》れる。

「今日からですね。ギルドの再開は」

【勇なる御手】の拠点《きょてん》の玄関前《げんかんまえ》で、レイナが少し弾《はず》んだ声を上げた。

「ああ。どれくらいの人が来てくれるかな」

ロッドもまた、昂揚《こうよう》する気持ちを必死で抑えながら答える。

「分かりません。受付開始は八時……後、二十分ほどですか」

「まだ早いけど……ちょっと外に出て様子を見てみようか？」

こういう時、泰然《たいぜん》として構えるべきなのだろうが、どうにも落ち着かなかった。

ロッドの気持ちを察したのか、レイナはくすりと笑う。

「ええ、そうですね。一緒に、新しい仲間を迎《むか》えましょう」

ロッドは頷き、レイナと共に玄関《げんかん》の戸を開けた。

まるで【勇なる御手】の前途《ぜんと》を祝しているかのような、眩《まばゆ》いばかりの朝日が差し込《こ》む。

とは言え、通りにはまだ誰も居なかった。

「さすがにまだ来ていないか。……来るよな？」

少し不安になったロッドの肩《かた》に、レイナが手を置いてくる。

「自分のやったことにもっと自信を持って下さい。大丈夫ですよ」

「ああ……うん、そうだな。ごめん」

レイナの言う通りだと、ロッドは苦笑《くしょう》した。冒険者《ぼうけんしゃ》を始めた頃《ころ》の、無能扱《あつか》いされたことが記憶《きおく》にまだ残っていて、つい後ろ向きな思考をしてしまう。

「ところでロッドくん。まだ確認していませんでしたが、【紅蓮】の次に挑《いど》むのは【蒼煉】？それとも【翠宝《りょくほう》】ですか？」

冒険者たちが来るまでの間を持たせる為か、レイナが話題を振って来た。

「えっ。あ、ああ、そうだな。難易度的には【蒼煉】かな。レイナは潜ったことある？」

「いえ、私はまだ。父からある程度は聞いていますが……確かに【紅蓮】よりもいささか面倒な場所みたいですね」

「だろうな。だけど残る二つを攻略して、これを集めないと」

言って、ロッドは人差し指に嵌《は》めていた物を見下ろした。

陽光に照らされて七つの色を返す、不可思議な金属で出来た指輪だ。

「……それ、【紅蓮の迷宮】最奥部《さいおうぶ》にあった宝箱の中身から出てきたアイテムですよね」

「ああ。【紅蓮】【蒼煉】【翠宝】にある三つの指輪を集めて【黄金《おうごん》の迷宮《めいきゅう》】の扉に翳《かざ》すと開く仕様になっている、だよな。確か」

「ええ、そうですね。しかし、難易度が一番低いと言われている【紅蓮の迷宮】ですらあれだけ大変だったんですから、【蒼煉《そうれん》の迷宮《めいきゅう》】の最下層ではどうなるか、ですね」

レイナが不安さを滲ませる顔で、呟いた。が、ロッドは至って気楽な口調で言う。

「分からないけど、まあ、多分、大丈夫だろ」

「どうしてそう思えるんですか？　【紅蓮】と違《ちが》って【蒼煉】はまだ未踏破ですし、深階層ではなにが待ち受けているかも判明していませんが」

「決まってるだろ。だってオレには、この武神《ぶじん》の剣《けん》とラビィから受け継いだスキル、それに――」

と、レイナを見て、ロッドは笑う。

「一緒に困難に立ち向かってくれる、心強い仲間が居るからな」

レイナの顔が、虚《きょ》を衝《つ》かれたようになった。

だが次の瞬間、彼女は顔を赤くして、ため息をつく。

「ロッドくん、何の衒《てら》いもなくそういうことを言われると、こっちもどう答えていいか分からなくなるんですが」

予想していたのとは違う反応に、ロッドは、きょとんとするばかりだった。

「まったくもう。そういうところも父と一緒で……あ」

話している途中《とちゅう》で、レイナがわずかに目を見開いて、通りの向こうを差した。

「ロッドくん、見て下さい！」

何事だとロッドはそちらに視線を向けて——驚く。

遠くから、大勢の冒険者たちがロッドたちの方へやって来るところだった。

「あれ……全員がうちのギルドへの所属希望者か。百は超《こ》えてるぞ」

唖然《あぜん》として零《こぼ》すロッドに、レイナは微笑んだ。

「きっと、まだまだ増えますよ。今日はさすがにダンジョンの探索《たんさく》は無理そうですね」

ロッドは「そうだな」と苦笑しつつも、こみ上げてくる無上の喜びに胸の内を熱くした。

「ここからが【勇なる御手】の始まりだ。レイナ、頑張《がんば》ろう！」

「ええ。お父さんの為にも、ギルドを元のように、いえ、昔以上に盛り上げましょう！」

ロッドが握《にぎ》った手をレイナに向けると、彼女も同じくして拳を突き出した。

拳と拳を軽くぶつけ合い、ロッドはレイナと笑《え》みを交《か》わす。

(ライゼンさん、ラビィ、見ていてくれ。オレはきっと、夢も、託《たく》された願いも、かなえてみせる！)

改めて決意を固め、ロッドは冒険者たちへ向かって歩き始めた。

こうして絶望から始まったロッドのダンジョン攻略は、ひとまずの終わりを迎え——。

そうしてまた、新たに始まったのだった。

FIN

あとがき

ＲＰＧなどでお馴染みの、ダンジョン。複雑な構造と各種のお宝、そこかしこに仕掛けられた凶悪な罠に、徘徊する魔物。スキル・ツリー。便利な技のどれをとっていくべきか、頭を悩ませる無数の選択肢。

ゲームをプレイしていて、何度思ったことでしょうか。

ああ、ダンジョンの全てが分かる地図があればいいのに。

ああ、過程は関係なく、好きなスキルを手に取れればいいのに。

そんな願望を叶えてみたのが、本作「バグスキル【開錠《アンロック》】で最強最速ダンジョン攻略」だったりします。お久しぶりです、空埜一樹です。

今回は初のダンジョンもの。本を出させて頂いてかれこれ十数年ほど経ちますが、まだやってないジャンルがあるものですね。新鮮な気持ちで書かせて頂きましたが、いかがだったでしょうか？　楽しんで頂けたのであれば、幸いです。

ＲＰＧはゲームの中でも特に好きなジャンルなので、これまで数えきれないくらいのダンジョンを攻略してきたわけですが、何度か後悔したことがあります。

たとえば二つに分かれた通路があって、右を選んだとします。

長い通路の先にボスが待ち構えていて「あ、こっちが正解ルートか。じゃあ逆いけば宝箱とかあるかもな」と引き返そうとします。

その瞬間、ボスが「グハハハハよく来たなこの俺様が相手だ」とか喋り出してああああああイベント始まっちゃったしかもこれ戦闘終わったら自動的にダンジョンが崩壊して外に出て二度と入れなくなるやつだぐああああああ時を戻してえええええええ。

……そんな悲しい思い出を抱えつつ、謝辞に移ります。

担当S様。毎度、色々とご迷惑をおかけして申し訳ありません。なんとかこう……上手くやって、上手くやれればなぁと思っています（やれない奴の台詞）。

イラスト担当のもきゅ様。魅力的なキャラを描いて下さり、誠にありがとうございます！ロッドやラヴィはもちろんですが、特にレイナが！　レイナが素晴らしくて特に太ももがッ!!　テンション爆上げでした。

最後に全ての読者様へ。最大限の、感謝を。

またお会いしましょう。

五月　空埜一樹

X　アカウント：sorano009

HJ文庫 https://firecross.jp/
1179

バグスキル【開錠《アンロック》】で最強最速ダンジョン攻略 1

2024年7月1日　初版発行

著者――空埜一樹

発行者―松下大介
発行所―株式会社ホビージャパン

〒151-0053
東京都渋谷区代々木2−15−8
電話　03(5304)7604（編集）
　　　03(5304)9112（営業）

印刷所――大日本印刷株式会社

装丁――coil／株式会社エストール

乱丁・落丁（本のページの順序の間違いや抜け落ち）は購入された店舗名を明記して
当社出版営業課までお送りください。送料は当社負担でお取り替えいたします。
但し、古書店で購入したものについてはお取り替えできません。

禁無断転載・複製

定価はカバーに明記してあります。

©Kazuki Sorano

Printed in Japan

ISBN978-4-7986-3587-3　C0193

ファンレター、作品のご感想
お待ちしております

〒151−0053　東京都渋谷区代々木2−15−8
(株)ホビージャパン HJ文庫編集部 気付
空埜一樹 先生／もきゅ 先生

アンケートは
Web上にて
受け付けております

https://questant.jp/q/hjbunko

- 一部対応していない端末があります。
- サイトへのアクセスにかかる通信費はご負担ください。
- 中学生以下の方は、保護者の了承を得てからご回答ください。
- ご回答頂けた方の中から抽選で毎月10名様に、
HJ文庫オリジナルグッズをお贈りいたします。

HJ文庫毎月1日発売！

クラスで一番かわいいギャルを餌付けしている話

著者／白乃友
イラスト／ぶし

お兄ちゃん本当に神。
無限に食べられちゃう！

風見鳳理には秘密がある。クラスの人気者香月桜は義妹であり、恋人同士なのだ。学校では距離を保ちつつ、鳳理ラブを隠す桜だったが、家ではアニメを見たり、鳳理の手料理を食べたりとラブラブで！
「お魚の煮つけ、おいしー！」今日も楽しい２人の夕食の時間が始まるのだった。

発行：株式会社ホビージャパン

HJ文庫毎月1日発売！

魔王軍最強のオレ、婚活して美少女勇者を嫁に貰う 1

可愛い妻と一緒なら世界を手にするのも余裕です

著者／空埜一樹
イラスト／伊吹のつ

両思いな最強夫婦の訳アリ偽装結婚ファンタジー!!

「汝の魔術で勇者を無力化せよ」四天王最強と呼ばれるリィドは、魔王の命を遂行すべく人間領域に潜入。勇者の情報を集めようとして、何故か結婚相談所で勇者その人である美少女レナを紹介されて――戦闘力はMAXだが恋愛力はゼロな二人の、世界を欺く偽装結婚生活が始まる!!

発行：株式会社ホビージャパン

追放テイマーが美少女魔王を従えて最強チート無双!!!!

魔王使いの最強支配

著者／空埜一樹　イラスト／コユコム

ルイン＝シトリーは落ちこぼれの魔物使い。遊撃としては活躍していたものの、いつまでもスライム一匹テイムできないルインは勇者パーティーから追放されてしまう。しかし、追放先で封印されている魔王の少女と出会った時、『魔物使い』は魔王限定の最強テイマー『魔王使い』に覚醒して―

シリーズ既刊好評発売中

魔王使いの最強支配 1〜3

最新巻　魔王使いの最強支配 4

HJ文庫毎月1日発売　発行：株式会社ホビージャパン

HJ文庫毎月1日発売！

伝説の魔導王、千年後の世界で新入生になる 1
～零からやり直す学園無双～

著者／空埜一樹
イラスト／ぷきゅのすけ

転生した魔導王、魔力量が最低でも極めた支援魔法で無双する!!!!

魔力量が最低ながら魔導王とまで呼ばれた最強の支援魔導士セロ。彼は更なる魔導探求のため転生し、自ら創設した学園へ通うことを決める。だが次に目覚めたのは千年後の世界。しかも支援魔法が退化していた!?　理想の学生生活のため、最強の新入生セロは極めた支援魔法で学園の強者たちを圧倒する──!!

発行：株式会社ホビージャパン

ただの数合わせだったおっさんが実は最強!?

最低ランクの冒険者、勇者少女を育てる
～俺って数合わせのおっさんじゃなかったか?～

著者／農民ヤズー　イラスト／桑島黎音

異世界と繋がりダンジョンが生まれた地球。最低ランクの冒険者・伊上浩介は、ある時、勇者候補の女子高生・瑞樹のチームに数合わせで入ることに。違い過ぎるランクにお荷物かと思われた伊上だったが、実はどんな最悪のダンジョンからも帰還する生存特化の最強冒険者で——!!

シリーズ既刊好評発売中

最低ランクの冒険者、勇者少女を育てる 1～5

最新巻 最低ランクの冒険者、勇者少女を育てる 6

HJ文庫毎月1日発売　発行：株式会社ホビージャパン

モブな男子高校生の成り上がり英雄譚!

モブから始まる探索英雄譚

著者／海翔　イラスト／あるみっく

貧弱ステータスのモブキャラである高校生・高木海斗は、日本に出現したダンジョンで、毎日スライムを狩り、せっせと小遣稼ぎをする探索者。ある日そんな彼の前に、見たこともない金色のスライムが現れる。困惑しつつも倒すと、サーバントカードと呼ばれる激レアアイテムが出現し……。

シリーズ既刊好評発売中

モブから始まる探索英雄譚 1～8

最新巻　モブから始まる探索英雄譚 9

HJ文庫毎月1日発売　発行：株式会社ホビージャパン

大事だからこそ追放する!? 絆と記憶の物語!

忘れられ師の英雄譚
聖勇女パーティーに優しき追放をされた男は、記憶に残らずとも彼女達を救う

著者／しょぼん　イラスト／∴

異世界転移し、苦難の末Sランクパーティーの一員となった青年・カズト。しかし彼は聖勇女・ロミナによって追放され、能力の代償として仲間たちの記憶から消え去った——。それから半年後、カズトは自分に関する記憶を失った仲間の窮地に出くわし、再び運命が動き出すことに……!

シリーズ既刊好評発売中

忘れられ師の英雄譚 1
聖勇女パーティーに優しき追放をされた男は、
記憶に残らずとも彼女達を救う

最新巻　**忘れられ師の英雄譚 2**

HJ文庫毎月1日発売　**発行：株式会社ホビージャパン**